藍小說 ⑨③③

村上春樹作品集

蘭格漢斯島的午後

村上春樹◎著　安西水丸◎圖　張致斌◎譯

蘭格漢斯島的午后

目錄

CONTENTS

蘭格漢斯島的午後

安西水丸性——代前言

本書中所收錄的，是安西水丸先生與我於兩年之間發表在 *CLASSY* 這本雜誌上的圖畫與文章。與往常一樣，與水丸兄共事都會有相當愉快的體驗。原則上我總是在沒喝酒的狀況下寫東西，但一想到這文章要配上水丸兄的畫作就不行了，不覺就會信步走到廚房，不覺就順手調了摻水威士忌，然後一面喝著一面寫作文章。說得極端些，我那些要讓安西水丸先生繪製插圖的文章，甚至必須滲透著「水丸性」才行。

那麼，所謂的水丸性到底是什麼呢？

請想像一下，在一家樸素而氣氛良好的酒吧吧台寫信給友人的情況。對我而言，這就是所謂的「安西水丸性」。走進店裡，在吧台前坐下，用眼神與酒保打個招呼，他便送上辛辣得恰到好處的酒，古老的歌曲正輕聲播放著。這個時候忽然想到要給朋友寫封信，於是拿出筆記本與原子筆開始動筆「近來好嗎……」類似這樣的感覺。

事實上，我就是像在給誰寫信一樣，寫出了收錄在這本書裡的文章。我總是將忽然浮現在腦海的東西原封不動信手寫下，然後直接裝進信封寄到水丸兄那裡，讓他配上插圖。我的文章能夠配上水丸兄的畫作，眞的是非常幸福的文章。這是因爲他們完全沒有要讓人佩服或要讓人讚嘆的必要。他們出生之後身體就直接裹上了「水丸性」的外衣，非常舒服地安頓在圖畫的旁邊。

這麼寫著寫著，又到了下午一點，竟然又開始想要喝調水酒了。傷腦筋哪，眞是的。

村上春樹

1 餐廳的閱讀。

以年輕人爲對象的雜誌，經常會出現「城市生活點滴」之類的專題，但是說實在的，對於實際住在城市裡想要輕鬆過日子的人而言，我認爲這些東西可能大多都沒有什麼用處。

例如和女孩子約會，在下午三點半的六本木十字路口，對方突然說：「我想去上一下洗手間……」的時候該帶她去哪裡才好呢，這類的事情在這種雜誌的特集中絕對找不到。細微的現實資訊只能夠靠自己的雙腳一點一滴努力去收集然後刻印在腦袋裡，雖說非常麻煩，但若是能將這類基礎作業仔細做好的話，生活中便會不時出現意想不到的平順狀況而輕輕鬆鬆過下去。

例如事先掌握幾家不播放音樂、感覺良好舒適的喫茶店，就是件非常重要的事。在雜沓的人群中穿梭心情越來越煩躁的時候，只要躲進這種有如綠洲的店裡悠閒地喝一杯咖啡，就會讓人感覺到腦袋裡糾結的思緒靜靜地釋放開來。有重要的事情要和人討論時，知道一家這樣的店也很方便。這樣就不必爲了對抗以大音量播放的史帝夫·汪達（Stevie Wonder）的〈Part-time Lover〉而大吼：「不知道這個星期天……」了。裝潢別具特色的喫茶店要多少都有，但是安靜的喫茶店卻是一時之間不容易找到，如果先有個腹案會有意想不到的幫助。

在市區想要看書的時候，最理想的地點莫過於午後的餐廳了。事先掌握一家安靜、明亮、客人少、座椅舒適的店。最好是只點葡萄酒與小菜也不會給你臉色看的親切店家。如果去市區辦完事還有點剩餘時間，可以去書店買一本書，然後到這種店裡一面呷著白酒一面看書。說起來這實在是件非常奢侈而令人心情愉快的事情。如果讀的是契訶夫(Anton P. Chekhov)，在情境上似乎就更吻合了。

這一類瑣碎的生活訣竅沒有人會主動來教你，情報雜誌上也找不到。唯有靠自己不斷嘗試錯誤才能夠慢慢學會，在這一層意義上，住在東京也好，住在格陵蘭的雪原上也罷，兩者之間或許也沒有多大的差別嘛。

BAND-AID
BRAND
Sheer Plasters
30
Johnson Johnson
BAND-AID

Matisse

2 布拉姆斯與法國料理

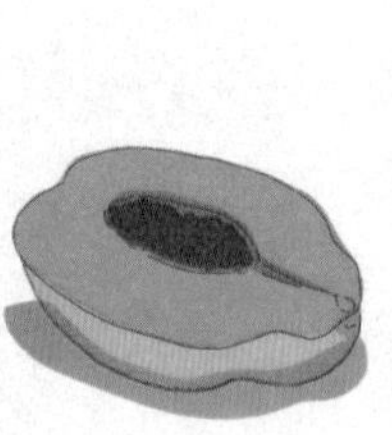

前幾天收聽了調頻電臺播放的古典音樂演奏會，我忘了是什麼曲目，但是在中間某個樂章結束時，居然有一個人啪啪啪啪啪鼓了五次掌。那眞是非常丟臉的事情。

不過，這種在各樂章結束時不准鼓掌的禮儀，①到底是什麼人，②在什麼時候，③基於什麼理由所作的決定呢？如果覺得「太棒了！」就不自主地拍起手來，我個人認爲那也是人之常情，但是其中或許有我無法探聽到的內情或是正當的理由也不一定。

話雖如此，根據某本書的記載，在很久很久以前事情並非如此。１８８５年，布拉姆斯(Johannes Brahms)親自指揮第四號交響曲的首次演出時，就曾經依照贊助者麥寧根(Meinigen)的公爵的意思重複演奏了一次第三樂章，甚至在全部結束之後還接到指示全曲從頭再演奏一遍。這無論怎麼去想都是件亂來的事情。當第三樂章結束時，竟然在那高貴的音樂廳中說出「啊，布拉姆斯君，剛才那個樂章相當不錯，再演奏一次來聽聽吧」這種話，就算他是出面贊助的公爵，以今天的感覺來說簡直就是豈有此理。可是當時那卻是完全合理的事情。或許就像現在六本木的爵士俱樂部一樣，每次有正點的獨奏出現就「Yeah! Yeah!」這樣叫著也不一定。似乎相當快樂。

餐桌禮儀中也有各式各樣莫名其妙的規矩。尤其西餐更是如此，直到多年前，在正式場合都還有只能將菜餚置於叉背上來就口的規矩，令我十分痛苦。此外，肉類要切一塊送入口，然後再切一塊送入口，這也很麻煩。最近我都是儘可能記得一開始就將切塊的作業完成，然後將刀子丟在一邊，只用右手拿叉子來進食。雖然不合禮儀，但是用這種方法吃起來才會可口。美麗的女子在法國餐廳裡只用叉子用餐的情景，想必相當性感，我確信。

P.O
1830

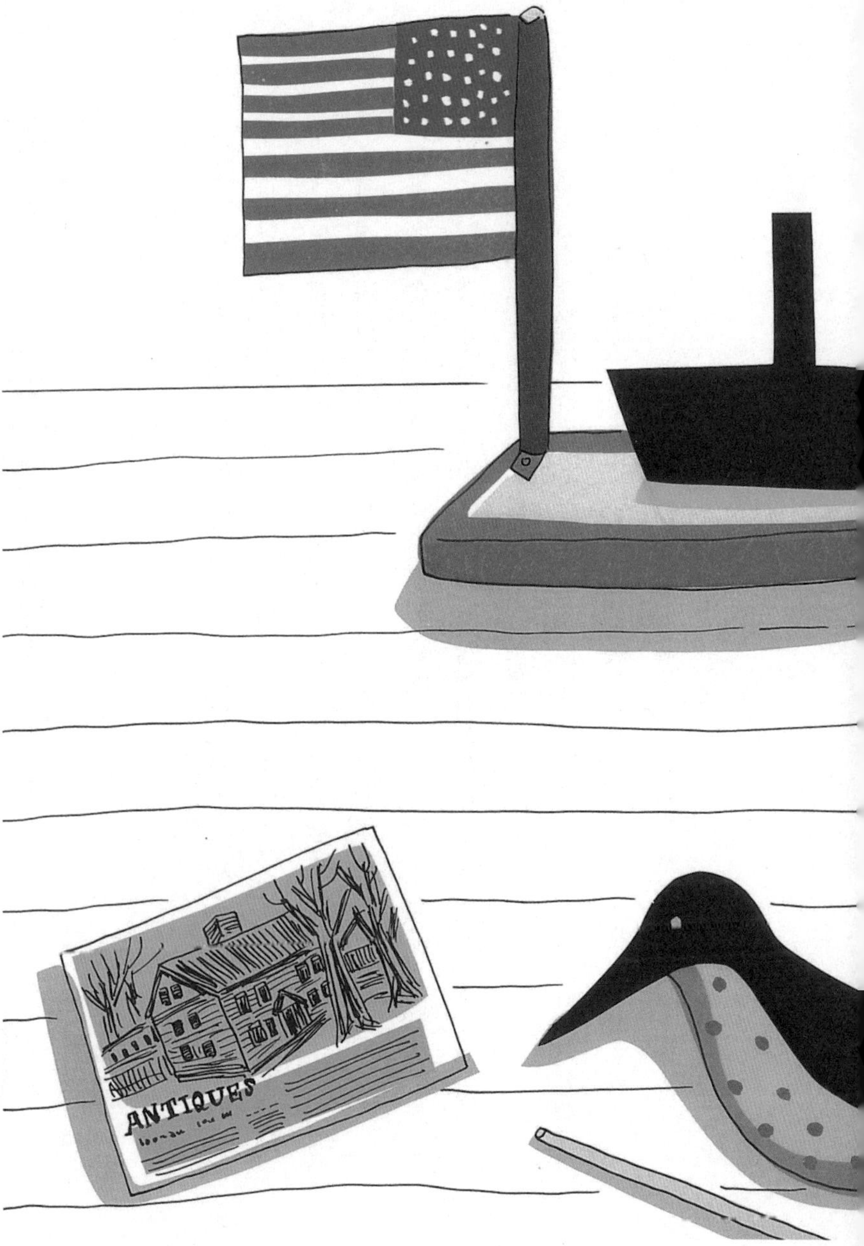
ANTIQUES

3 刮鬍膏的故事

搭乘計程車，偶爾會發生正準備付車資的時候卻發現皮夾裡只有萬圓大鈔，而且司機也沒有零錢可以找的情況。以前遇到這種事，我都會說「請在香菸攤前面停一下」，去買香菸將錢找開。但自從幾年前戒菸之後，就不能再這麼做了。

若要問再遇到這種情況會怎麼辦，我大多會拜託司機在化妝品店前停車，進去購買罐裝的刮鬍膏找回零錢。爲什麼是刮鬍膏呢？爲何同樣是化妝品，洗髮精、爽身粉、刮鬍水或是花露水就不行呢？如果要這麼問，我也搞不清楚。我想大概是因爲很喜歡刮鬍膏吧。所以才會不自覺反射性地買了刮鬍膏。

這麼一來，我雖然得以支付計程車資，但接下來卻落得整天都得帶著刮鬍膏罐子在街上晃的下場。說也奇怪，一手拿著罐裝刮鬍膏在街上走著，街道看起來就會變得和平常不太一樣。忘了曾在哪裡讀過一個故事，只要口袋裡揣著手槍上街，街道的模樣看起來就會突然爲之一變，雖然還不至於到那種地步，但是帶著罐裝刮鬍膏多少還是會有些不同。走進酒吧，將罐裝刮鬍膏的袋子一把放在吧台上，然後喝起威士忌，可也滿像回事的。只不過那根本就是起不了什麼作用的東西就是了。

只要到了國外，我所做的第一件事一定是衝進當地的超級市場去買刮鬍膏。然後帶回旅館，和刮鬍刀啦牙刷啦等一同排列在洗臉台的架子上。這麼一來才會湧現「呀啊，來到外國啦！」這種眞實的感覺。

我個人最喜愛的是吉列(Gilette)的Tropical Coconut刮鬍膏，每次使用之後都會有種一步之外就是威基基海灘的氣氛。

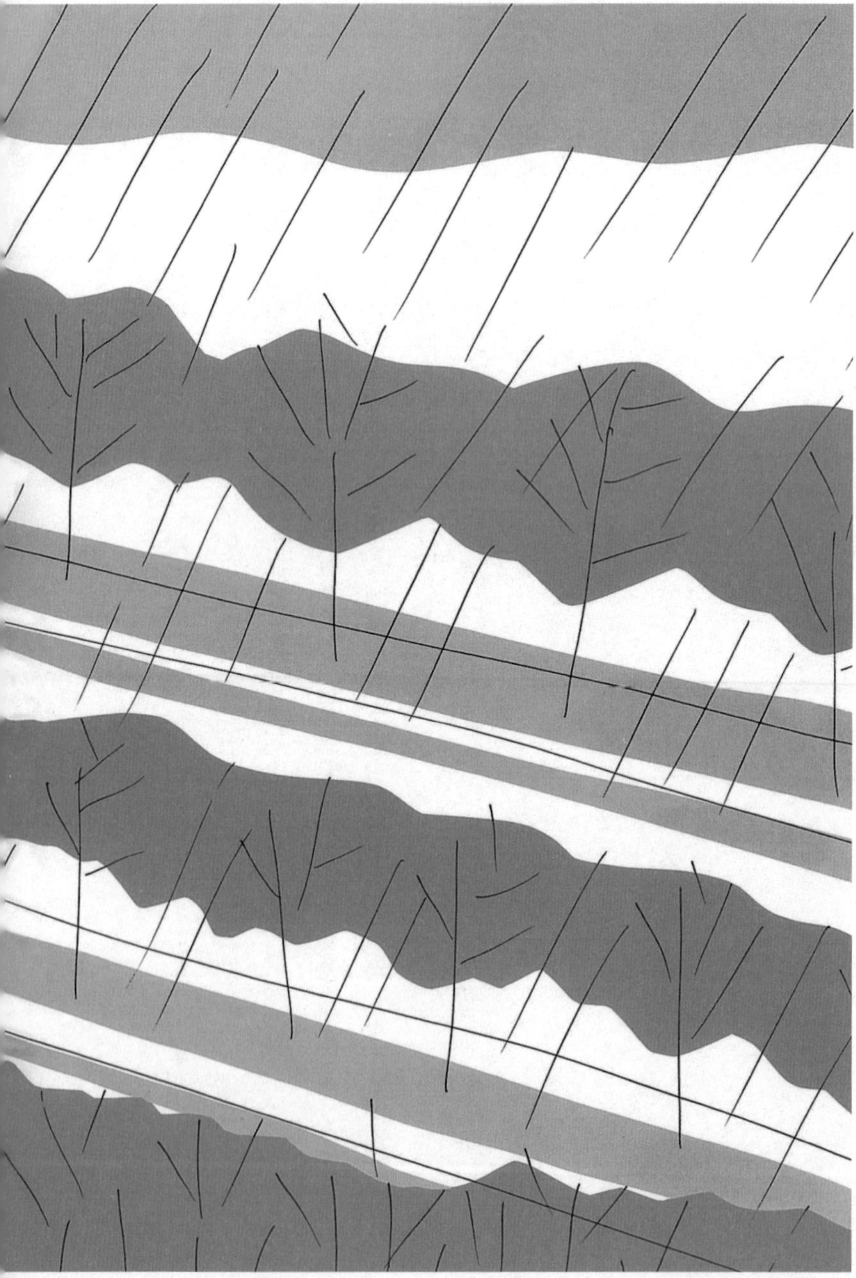

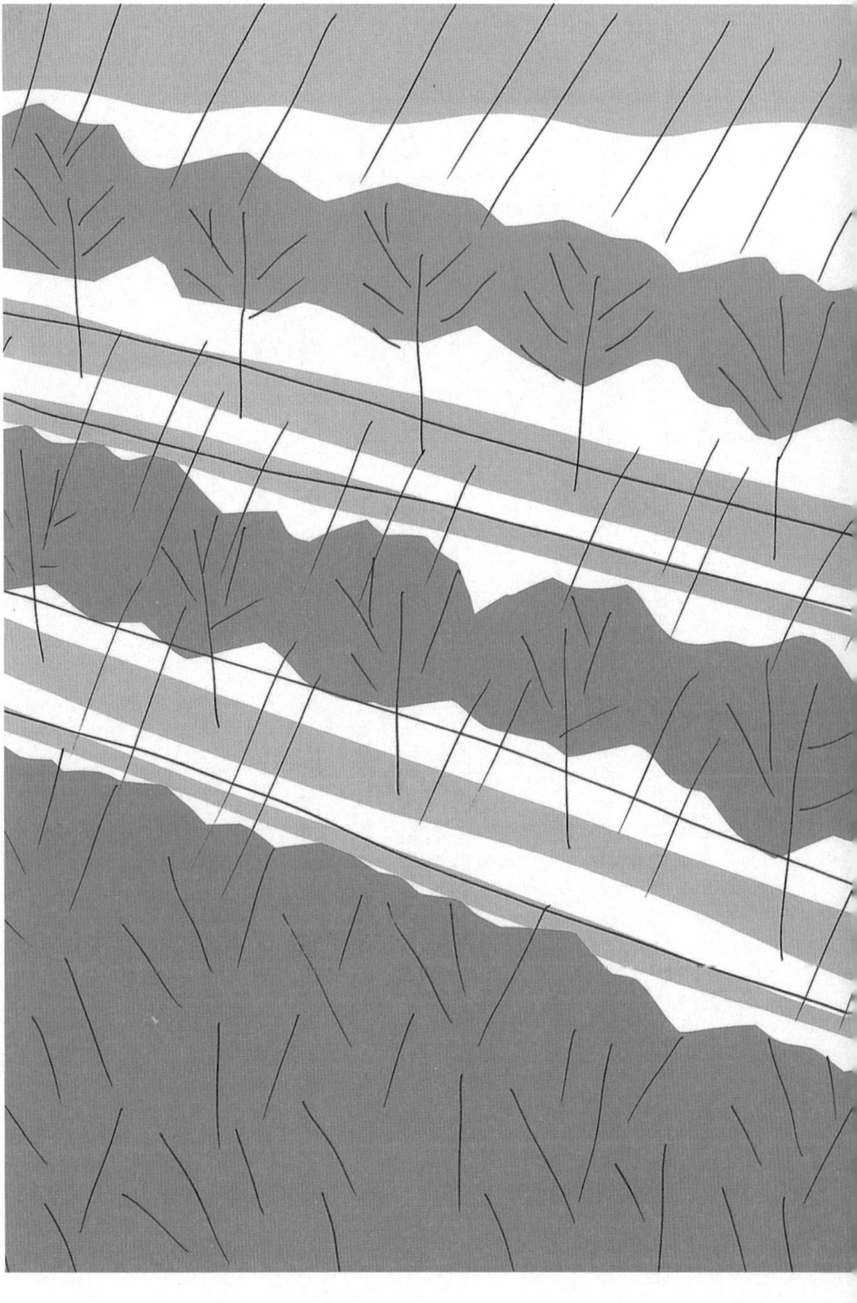

4 夏之闇

很久以前，當我還是學生的時候，只要有空就會背著睡袋獨自四處去旅行，途中從當地人口中聽到了各式各樣的故事。快樂的故事、恐怖的故事、奇妙的故事——每一則都是與當地的歷史、地形以及氣候緊密結合的故事。靠自己的雙腳逐一走訪城鎮與部落之後就會明白，人們的心情想法就如同細微的鱗片般貼附在各個地方。依靠飛機、新幹線或是汽車來去匆匆的旅行者，他們的眼睛大概是看不到這些的。若是能夠風塵僕僕，汗流浹背，連續好幾天像個傻瓜似的一步步走下去，慢慢就能夠一點點看出來了。

在某座山裡，一名老人對我說了「死者之路」的故事。所謂「死者之路」，是死者的魂魄通往冥土的道路，就如同所有的水都會經由河川流向大海一樣，是有嚴格規定的。而且那是條神聖的道路，凡人應該儘可能不要靠近那條路，他說。

「要怎麼樣才知道那是死者之路呢？」我試著詢問老人。這是因為如果沒有弄

清楚而在那種地方露宿的話可就糟糕了。

「如果感到寒冷立刻就知道了。」老人說。「即使是盛夏，脊背也會好像要凍僵了一樣。那就是靈魂正走在路上哪。」

這麼說來，我個人認爲夏天的晚上還是熱一點的好。夏季炎熱是理所當然的，而那正是最平和的。

不過我有時會覺得很不可思議，在都市中心嚥氣的人們會沿著什麼樣的道路前往冥府之國呢？難道他們會悄悄沿著大樓的影子混入地下鐵軌道的黑暗中，或是隨著雨水一同潛入下水道，無聲無息地穿過都市嗎？我實在是不明白。可是我如今仍然會站在地下鐵車廂的最前面，一面思考著那位老人所說的話，一面凝望著不斷向後方逝去的黑闇。

古老靈魂的
搖晃　宛若
夏之闇

5 關於高中女生的遲到

從各方面來說，我都是個對時間一板一眼的人，只要不是忙不過來，約定見面的時間都不會遲到。可是以前並非如此，我在學生時代有遲到的惡習，讓別人等我也完全不以爲意。踏出校門自己開始做生意之後，有了要求別人「絕對不可以遲到」的立場，本身遲到的毛病也就徹底根治了。這是因爲提醒別人不可以遲到但是本人卻遲到的話，這種人所說的話就沒有人理會了。

雖然不能夠因此類推，不過我個人認爲，當學生的時候再怎麼遲到也沒有什麼大不了的。到校時間稍微晚一點，無聊的授課開頭部分少聽一點，並不會有什麼損失。種種必須矯正的毛病、壞習慣，出了社會再改就好了。

我偶爾會去投宿的市內旅館，從窗戶向下望去，一眼就可以看到女子高中的正門。早上醒來沖個澡、吃過早餐後休息一下，差不多就到了這所高中的到校時間。

可以看見成群結隊提著黑色書包、身穿水手服的女孩子陸陸續續從路上走來，被吸入校門中。若是繼續看下去，女孩們終於開始小跑步從路上趕過來。最後命運的鐘聲響起，大門嘎一聲關了起來。穿著運動服看起來不懷好意的老師站在門口，一面逐個告誡遲到的女孩，一面將她們的名字登記下來。

可是其中必定會出現打著「怎麼能輕易留下遲到的記錄呢」這種主意有鬥志的女孩，這些孩子躲在校門附近電線桿後面觀察狀況，抓住運動服老師注意力轉移到別處的那一瞬間，有如脫兔般穿越馬路衝到鄰家的圍牆邊，俐落地貼著牆溜近學校然後翻牆進去。然後啪啪拉拉裙襬，若無其事地走進教室。這是勇氣、判斷力、體力三者缺一就完全辦不到的驚險特技。看到這一幕，在旅館四樓窗邊的我也不由得爲她們鼓掌，然後一整天都會在愉快的氣氛中度過。

所以，我特別喜愛能夠俯瞰那所女校的旅館。

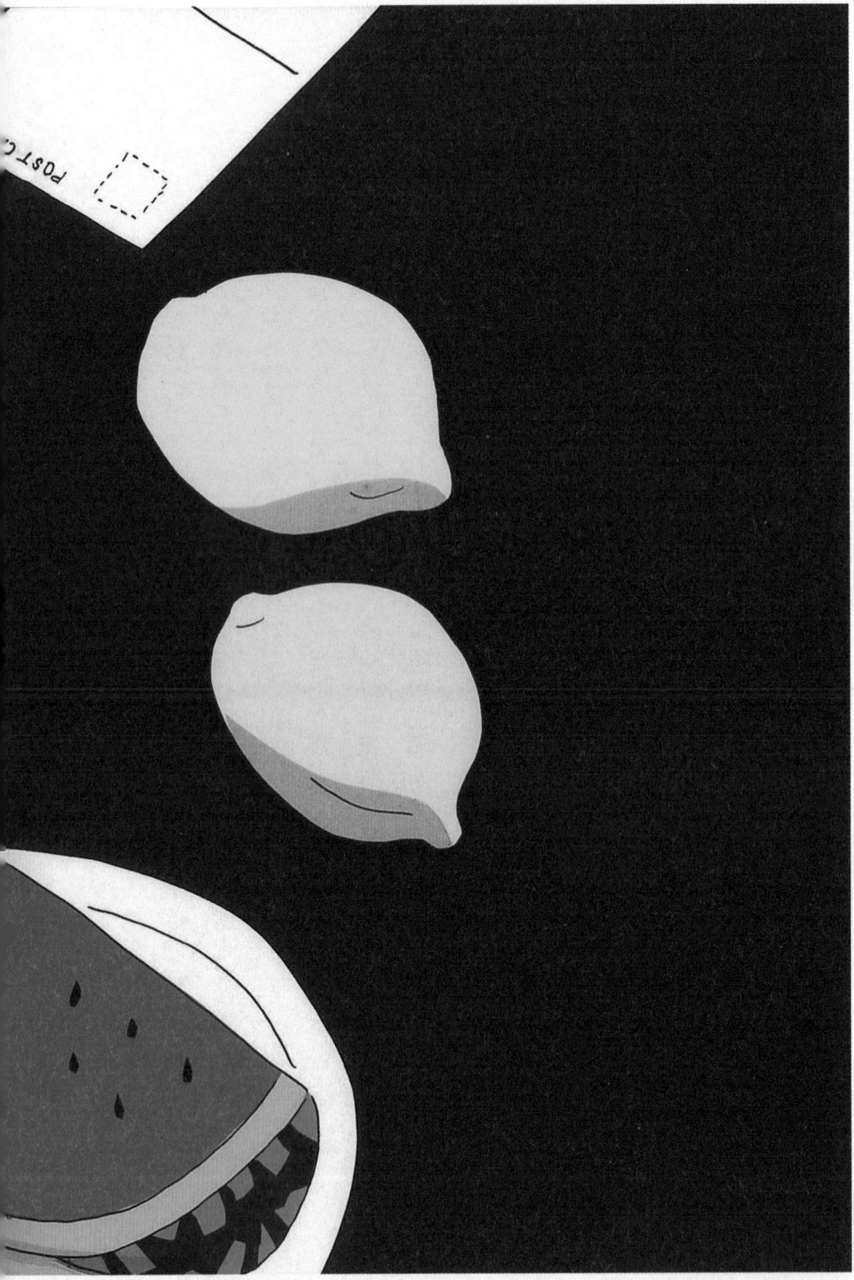

6 皮夾裡的照片

最近和久未謀面的昔日老友喝酒閒聊，聊著聊著，他突然從皮夾裡拿出一張年輕女子的照片給我看。我原本還納悶那到底是什麼，才知道是他新戀人的照片。滿可愛的。附帶說明一下，他和我同年，單身。

「怎麼樣，年輕吧？」他說。

「嗯，是啊，滿年輕的。」我說。

「嘿嘿嘿，才十─八─歲喔。十八歲。」他強調著，似乎很開心。

看他似乎過得很幸福我也覺得很高興，不過，皮夾裡放著年紀只有自己一半大的戀人的照片隨身攜帶，這種事還眞是了不起。好像很快樂的樣子。

但是這種人畢竟只是極爲特殊的例子——如果到處都是這種人，我的腦袋一定會錯亂——到了像我這個年紀，大部分的人皮夾裡放的都是小孩子的照片隨身攜

帶。難得見到面時就會拿出來給我看。老大都已經上小學三年級了。

「已經九歲了噢。九歲了。」他的情況看來也很開心。

將這兩個截然不同類型的例子疊在一起綜合來看，就會突然湧現一種自己也老大不小啦的眞實感。不論是單身也好，有家室的人也罷，上了年紀就會漸漸變成歐吉桑了。

如果是像我這樣沒有在公司上班也沒有小孩的處境，對於自己的年齡就會逐漸喪失正常的感覺。某些部分根本就還像個小孩，某些部分卻已經變得格外老成了。所以，偶爾和老朋友見個面，各種眞實感就會重新咕嚕咕嚕地湧出來。

話再說回來，我的皮夾裡沒有放任何人的照片。一來是因爲我沒有小孩，二來若是放了年輕女子的照片，一定會衍生出種種棘手的問題。但如果這樣就放了太太的照片，似乎也不太妙。「這是我太太，三十╳╳歲喔！」這種話，我根本說不出口。要說是件傷腦筋的事嘛——倒也不至於就是了。

7 大家來畫地圖吧。

我非常喜歡畫地圖。所以，只要聽到有人說「我想去府上拜訪，不知道能不能畫一張地圖……」我就會興致勃勃地立刻動手畫起來。嗯─，下了公車之後在這裡可以看到開著大朵的向日葵，旁邊呢，注意喔，前面有一戶人家的門是這種造型的，從那裡一直走下去就會看到「森永優質牛奶」的廣告招牌，然後向左轉……如此這般將細節一個個都畫進去。即使遇到有人邀稿而必須以「不好意思，最近正好比較忙」為由婉拒的時候，唯獨這種事卻會大費周章去做，實在是沒有辦法。

就如同寫字有美醜的差別，畫地圖當然也有高明拙劣之分。不擅長的人所畫的地圖，簡直就只能夠說是災難了。若是將差勁地圖的三要素逐條列出，就是：

(1)比例糟糕。也就是道路寬度或距離等等的相對比例亂七八糟。

(2)記憶不鮮明。這個嘛，是在第二條路的右邊，咦，又好像是第三條……這種情況。

(3)欠缺重點。最顯眼的參考座標一個也沒有標示出來。

這麼個情況。

要是哪天被迫拿著這種地圖走訪陌生的土地可就讓人無法消受了。若是一個人走倒還無所謂，如果是哥倫布的話，部下早就叛變了。

平常時我就經常這麼想，坊間充斥著那麼多鋼筆習字學苑或書法教室什麼的，如果其中有這麼一家「地圖繪製教室」的話不是也挺不錯的嗎？在那種地方學會高明的地圖繪製技巧的女孩子進入公司上班，每次一遇到這種要畫地圖的情況，人家就會說：「啊，地圖的事情，去拜託總務課的佐藤小姐準沒錯。那個女孩兒最會畫地圖了。」想像著這種情況，心情就不由得逐漸平和下來。由於我是個思考模式充滿偏見的人，或許並不能代表一般人的感覺，但是如果周遭有個擅於繪製地圖的女孩子的話，我覺得自己很可能會不由自主陷入愛河吧。

我曾一度繪製出虛構的城鎮地圖，並據此寫出一部小說，那實在是非常愉快的經驗。安西水丸先生也是一位繪製地圖／說明圖之類的高手。

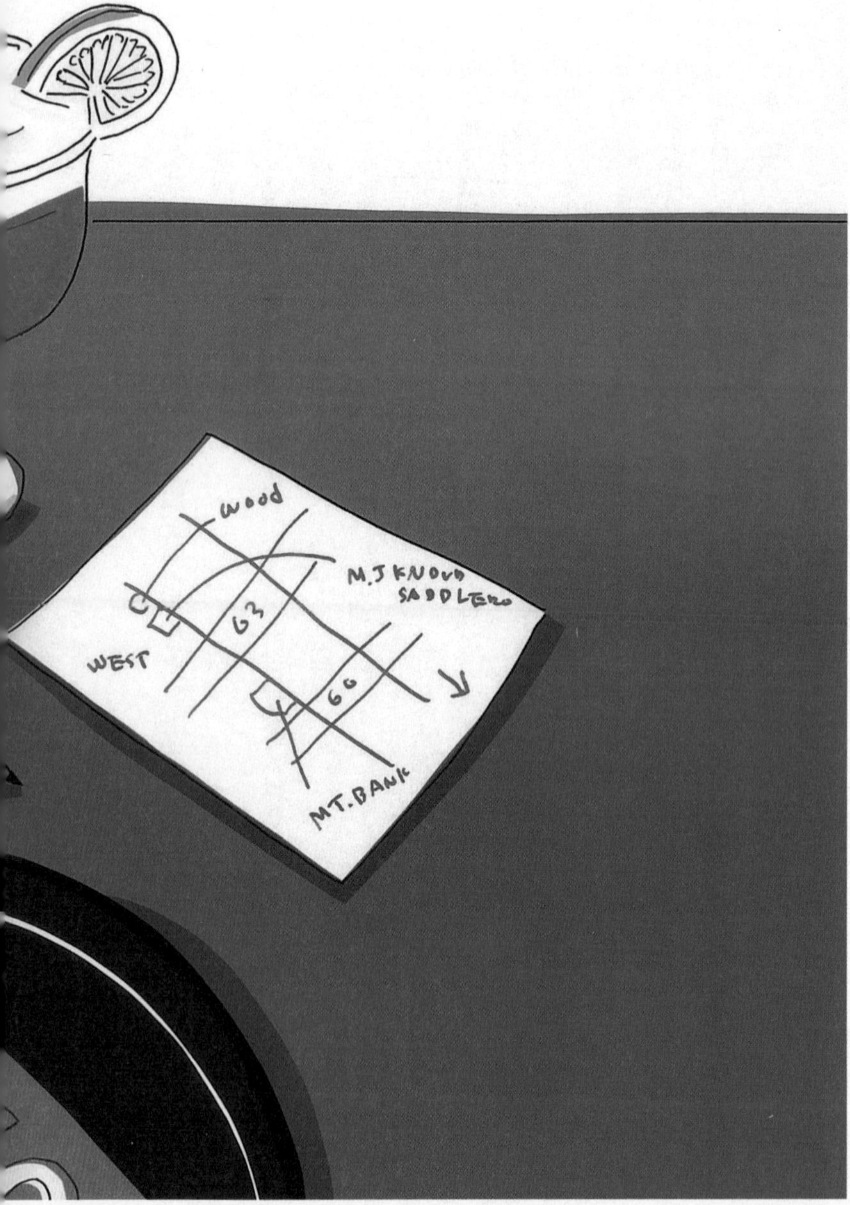

wood
WEST
63
60
MT.BANK

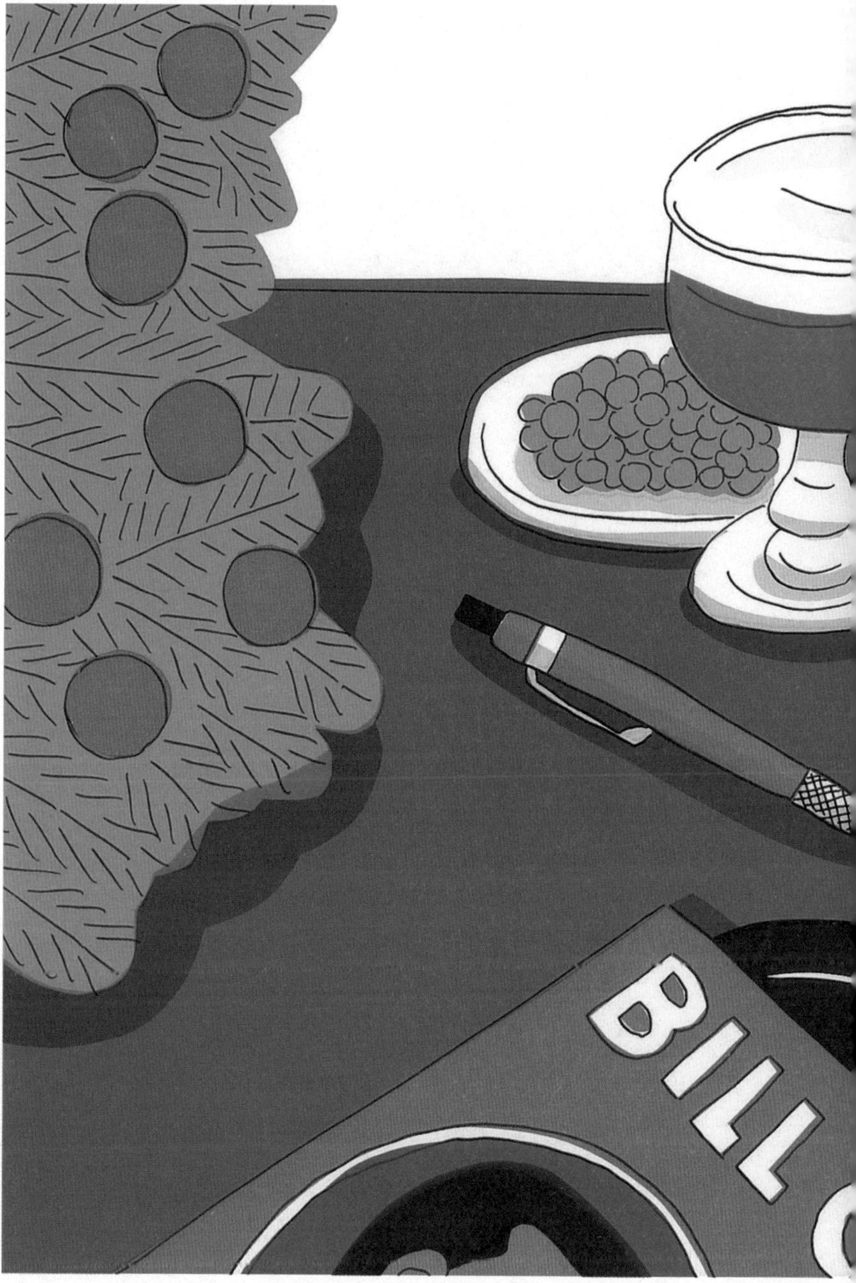
BILL

8

ONE STEP DOWN

我相當喜歡爲事物命名。尤其是新開幕的店啦、即將創刊的雜誌之類的，替這些東西取名字是一件愉快的事情——話雖如此，這還是和好朋友一起嚷著「告訴你，叫做××就好了」或是「沒有人會取那種名字的啦，太蠢了吧」等等七嘴八舌地討論才好，若是認眞地來拜託「村上先生，麻煩您爲小店取個名字吧」的話，那可就累人了。

過去，在成爲小說家之前，我曾經營過類似小酒館的店，當時只是很單純地借用了以前所飼養的貓的名字。這個名字並沒有經過什麼深思熟慮，只不過是四下打量一下，正巧發現什麼東西就直接拿來用，這似乎是最好的一種方式。如果取了一個過分考究的名字，從顧客的角度來看可能會覺得實在太悶了。原本我打算將下一家店命名爲「看袋鼠的好日子」，後來因爲開店的計畫取消了，於是就挪用作爲短篇集的書名（註：中文版改名為《遇見一〇〇%的女孩》）。要說是亂來，也的確是亂來。畢竟是拿小酒館的店名作為書名嘛。

在華盛頓特區，有一家名叫ONE STEP DOWN的爵士俱樂部。打從我看到這個店名之後就一直納悶，這到底是什麼意思。有一天晚上，那裡有我喜歡的歌手馬克·墨菲(Mark Murphy)的現場演唱，於是決定過去瞧瞧。只不過，如果店主在的話，一定要抓住他問問，這個店名到底有什麼典故。而且，到頭來卻根本就沒有發問的必要。如文字所示，只要踏入店裡一步，店名的由來就一清二楚了。簡單說就是打開門一腳踏進去，那裡就有一級向下的階梯。拜其所賜，我摔了個大觔斗。與其取這樣的店名，不如在門上張貼警告標示對我們來說還比較有幫助。

不過，這狹窄、有點髒亂的ONE STEP DOWN，是一家令人有親切感，氣氛融洽而樸實的爵士俱樂部。看來難以取悅的老闆，似乎非常無趣地在吧台裡做著三明治。坐在第一排欣賞馬克·墨菲的演唱，喝了兩瓶啤酒，只要十二美元，實在是盡興。

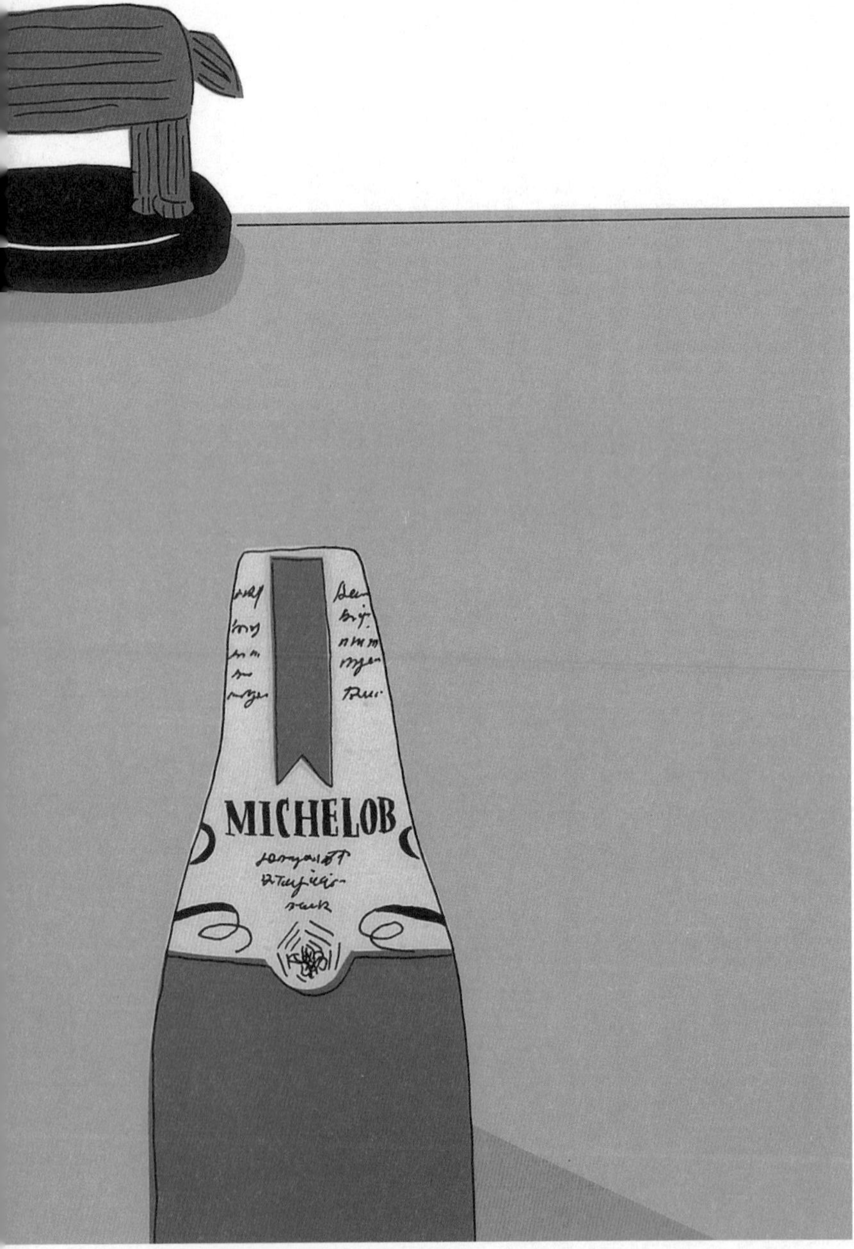
MICHELOB

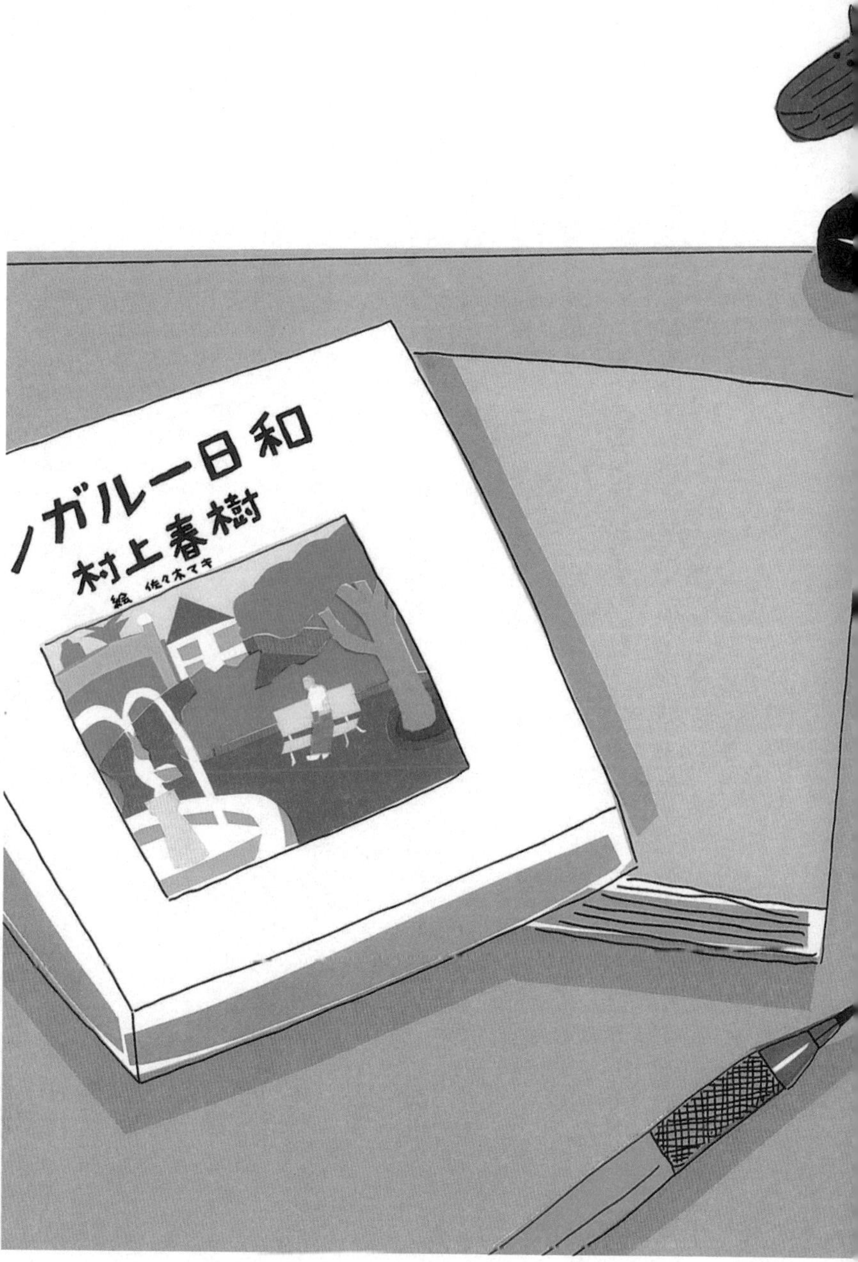
ノガルー日和
村上春樹
絵 佐々木マキ

9 盥洗室裡的惡夢

還是學生的時候，曾經有同學對我說：「你怎麼總是一副若有所思的模樣，難道有什麼煩惱嗎？」令我非常訝異。因爲我完全不記得自己曾經在教室裡想過什麼心事。不過仔細想想，我的「出神」狀態從那個時候就已經開始了。

如今我依然——甚至可說比以前更頻繁——經常陷入「出神」的狀態。若是和別人在一起時因爲會緊張，幾乎沒有出過這種狀況，但是只要一個人獨處，意識就會有好幾分鐘陷入完全空白的狀態。特別嚴重的是在浴室、盥洗室裡，覺得似乎有什麼不對勁的時候，才發現自己在梳子上擠了牙膏來刷牙，至於在牙刷上倒了洗髮精，更是家常便飯。

三次中就有一次，我會用潤絲精洗頭髮，用洗髮精潤絲；也曾經抹上了刮鬍膏但鬍子沒刮就洗掉離開了。想去廁所小便，卻進了浴室把衣服全部脫掉了。而且在

好一段時間裡，我都完全沒有注意自己到底正在做些什麼。

除此之外，還會無意識地一直盯著沒有意義的東西。突然回過神來還會「咦，我幹嘛一直盯著這個玩意兒呢？」覺得很不可思議，但是在看著的時候我是完全沒有意識的。以前還曾經在地下鐵車站愣愣看著一張塑身內褲之類的海報好幾分鐘，那個時候眞的是太丟臉了。

這實在是件傷腦筋的事。「春樹先生這個人冒冒失失的，眞是可愛！」如果被年輕女孩這麼說倒還好——只不過從來沒被說過——如果隨著年齡的增長一直這樣下去的話，完全就是個癡呆老人了。想到這裡就不由得心情沈重。

不過我畢竟算是個靠寫小說維生的人，笑著辯稱這種非社會行為也是藝術活動的副產品，好歹還可以矇混過關。但是，經常搭錯電車、把迪斯可舞廳的優待券錯當成車票而遭到剪票員斥責也就罷了，去找外科醫生要求割盲腸這種事，可就任誰也想像不到了吧。

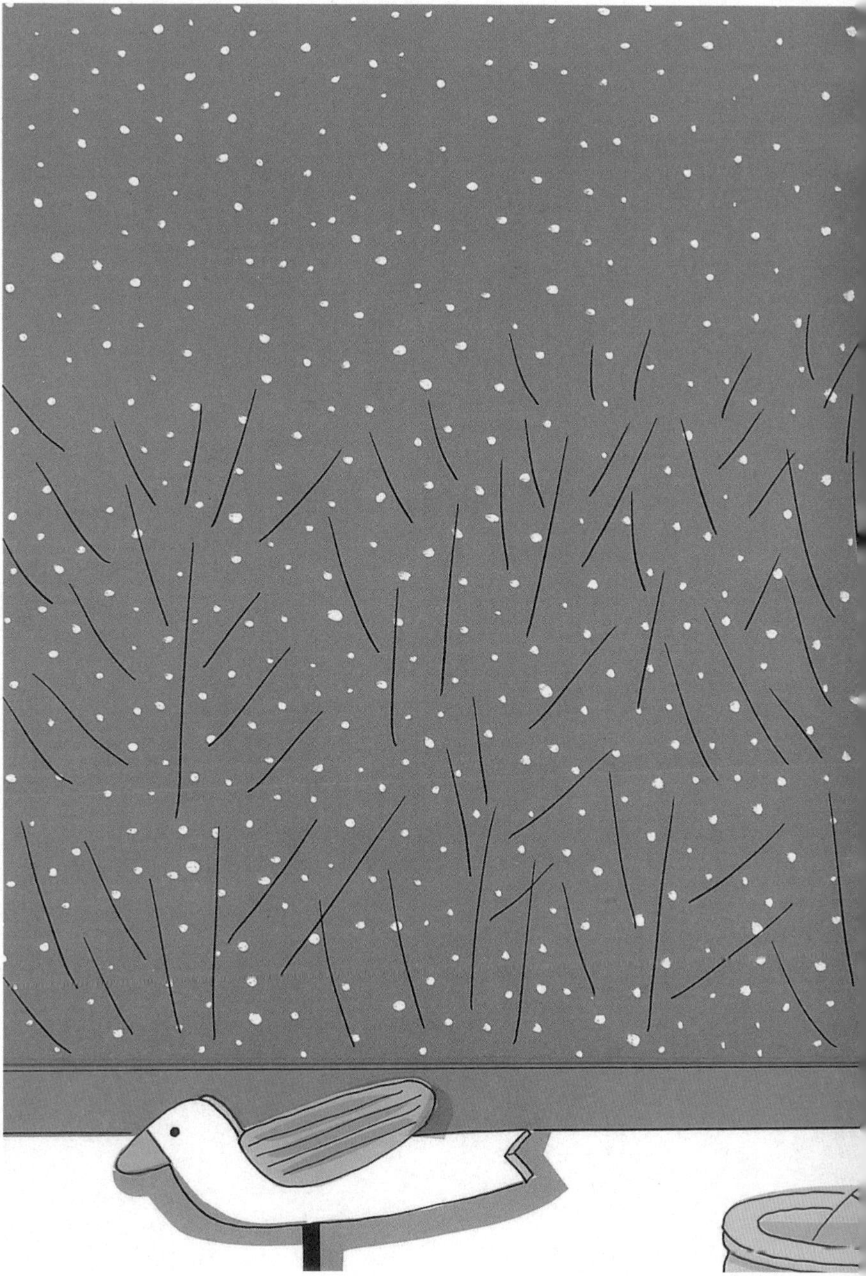

10 鐘錶如何增加的呢。

所謂人生，或許只不過是鐘錶增加的過程罷了，我忽然這麼想。不過，這個省察——或許還算不上省察的程度——並不是套在全世界所有的人身上都適用，純粹只是從我個人的人生的個人的角度所產生的個人意見而已。還不到具有普遍性那種程度。

距今大約十五年前，我剛結婚不久的時候，家裡沒有任何一個叫做鐘錶的東西。當然，一方面是因爲窮，另一方面則是我們並沒有特別想要鐘錶。並沒有那種程度的需要。只要天一亮，肚子餓了的貓眞的名副其實就會把我們吵醒，如果還覺得睏的話就適當再睡個回籠覺。上街的時候到處都有電子鐘，也不會覺得有什麼不方便。由於家裡沒有收音機、電視，也沒有電話，想要知道確切的時間，唯一的辦法就是走到五百公尺之外的香菸攤去買包hi-lite，順便瞄一眼屋子裡的掛鐘才行，即使如此，我們還是不曾想過要擁有鐘錶。

如今，手錶啦時鐘啦音響計時器啦全部加起來，我家一共有十六個鐘錶。十六個鐘錶，在我家裡各自走著計算分秒。想起十五年前的生活，簡直就像假的一樣。

十六個鐘錶之中大概有一半是從某處得來的東西。獲得某某獎時的紀念品啦，短篇稿子的謝禮啦，個人致贈的禮物啦，這一類的東西。這些東西，就像是菲力普·K·迪克(Philip K. Dick)的小說中出現的某種熵的膨脹般一個接一個逐漸累積下來的。拜此之賜，我家變得好像是個鐘錶的巢穴似的。

偶爾心血來潮的時候，我會把那十六個鐘錶的時間逐一調整，撥到正確的時間。到那邊去把針撥快一點，來到這邊把針轉慢一些之後，我不禁覺得人生還眞是奇妙。即使沒有鐘錶這種玩意兒，也不至於有什麼特別不便之處。

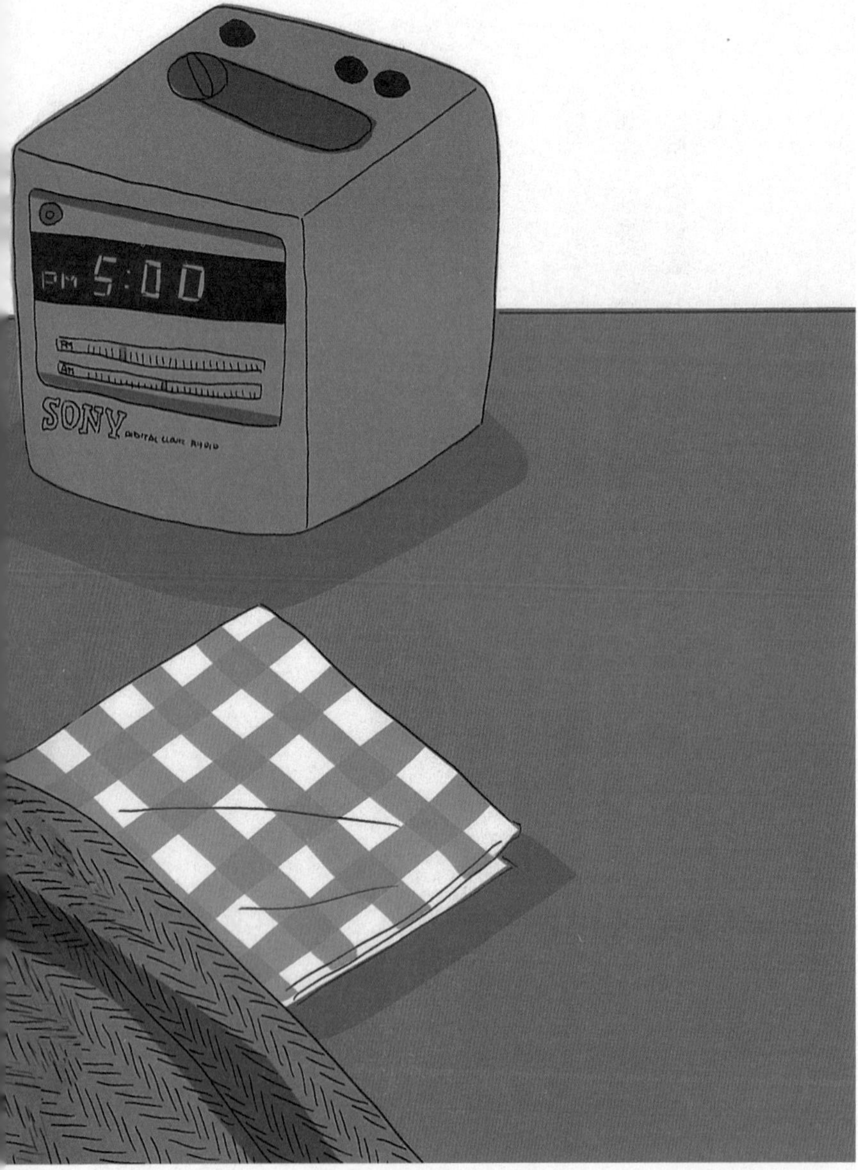
PM 5:00
SONY

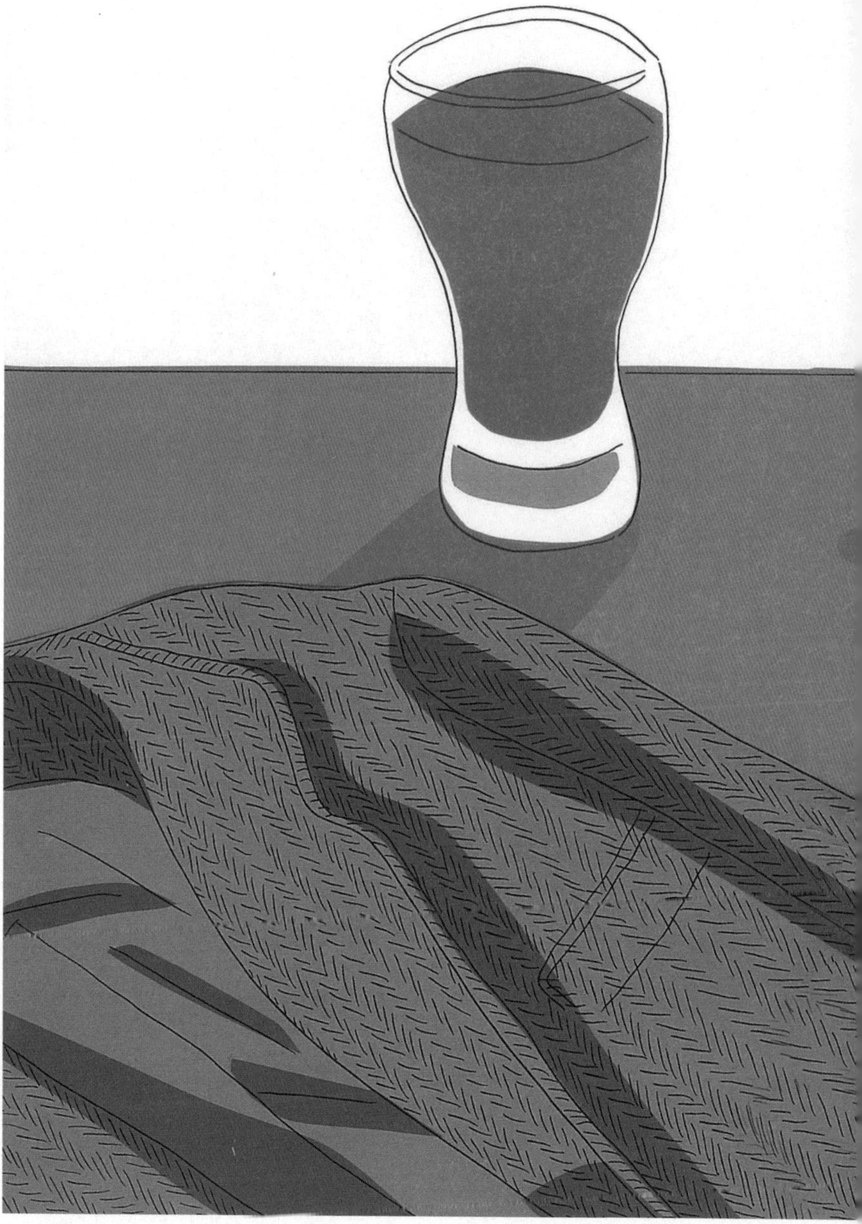

11 運動衫雜感

在六〇年代的美國電影中，經常可以看到七分袖運動衫(cutoff sweat shirt)。也就是用剪刀將長袖運動衫的袖子喀嚓喀嚓剪掉大約三分而成。由於會明顯散發出一種「率性、衣服這種玩意兒怎麼樣都無所謂啦」的感覺，我相當喜歡。只不過，在美國西海岸那種季節的溫差變化不大的地方這麼穿是很不錯，在日本就不太適合了。夏天當作T恤來穿的話質料太厚，冬季時因爲沒有袖子又會覺得太冷。我曾一度仿效，將長袖運動衫的袖子剪短，結果懊悔不已。因爲以日本的氣候來說，適合穿著七分袖運動衫的時間太短暫了。

在寫這篇稿子的現在，我身上穿的是在日本大學員生消費合作社購買的運動衫，胸前印有BEAUTIFUL CAMPUS / NIHON UNIVERSITY的字樣。若要問爲什麼會穿著日大的運動衫，原因很單純，不過是以前我住在日大理工學院附近，經常去大學員生福利社買東西而已。只因爲我自己出身早稻田，就必須穿上有WASEDA標誌的運動衫，絕對沒有這種事情。對於自己的大學母校畢竟會有種種愛恨交織的情感，總覺得太容易觸景生情了。還是穿著沒有任何關係的大學的衣服要輕鬆自在得多。

不過，BEAUTIFUL CAMPUS這個標語，不覺得有點糟糕嗎？什麼校園優美的日本大學，這簡直就像是度假旅館的廣告一樣。大學根本不需要宣傳標語。我也曾經去過普林斯頓與哈佛的員生消費合作社，運動衫上都只印上校名而已。就是應該這樣。嗯，畢竟這不過是一所大學的事情，怎麼樣都無所謂就是了。

除此之外，運動衫上面還可以看到各式各樣的英文語句。其中也有些相當亂搞胡來，上街時如果看到就會非常開心。我一直覺得很不可思議，那種語句到底是什麼人想出來的呢？前幾天我看到一個女孩穿著印有NICE BOX 1384字樣的運動衫，其中的BOX難道是指郵政信箱嗎？可是一般來說，NICE BOX的意思應該是指「性能良好的女性生殖器」才對。這樣說就有點可怕了。

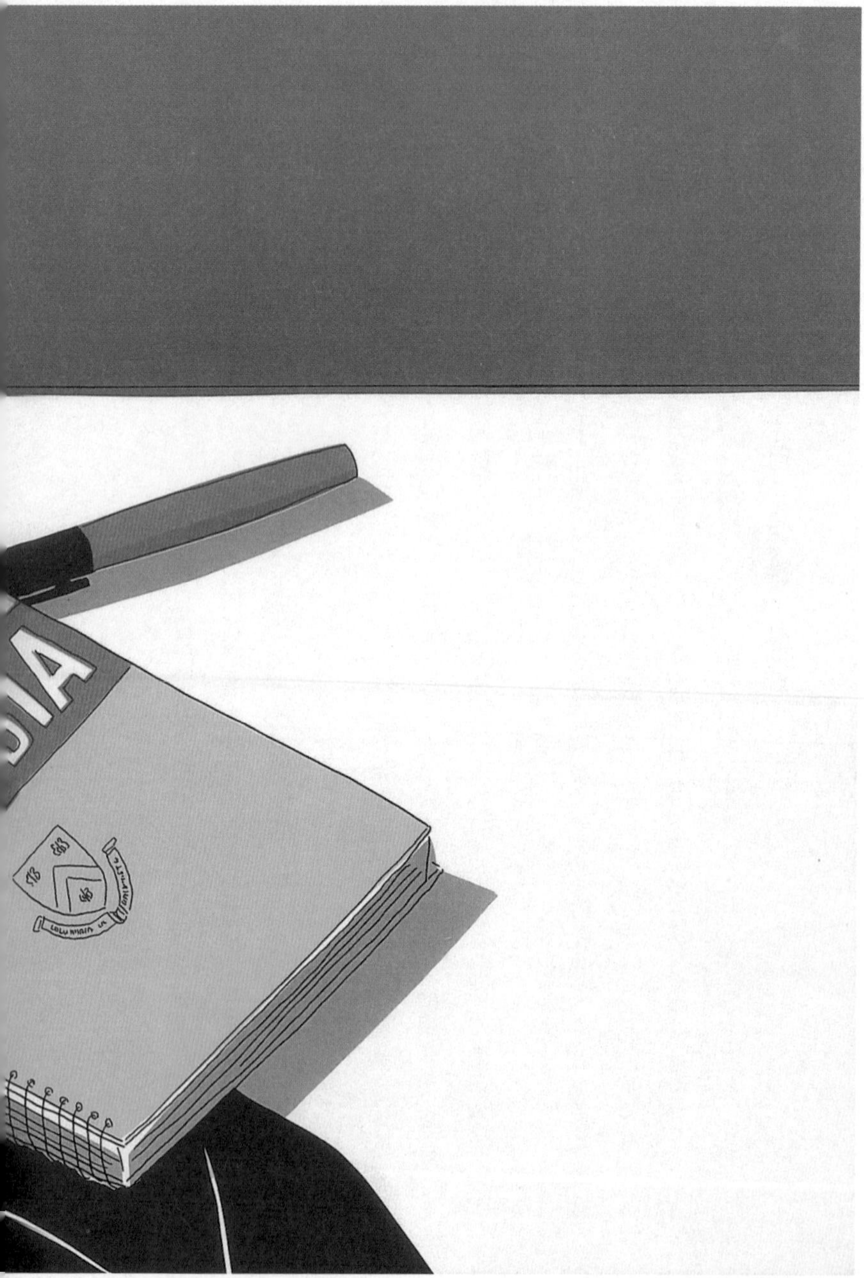

Rawlings
COLUM
MBIA

12 CASH AND CARRY ○

我想，恐怕對大多數的男性而言都是如此，和情人約會或是陪太座逛街，最痛苦的事情莫過於被拉著陪同去選購衣服了。若是看個一、兩家倒還無妨，陪她逛了了六、七家之後卻換來一句「還是回第一家去吧」，聽了要人不腿軟也難。

或許女性朋友也會認爲，男人在唱片行或是玩具店裡流連忘返的時候她們還不是會陪著，可是在女性選擇衣服的執著中，卻擁有一種將男性一切感興趣的領域合而爲一都望塵莫及的力量與狠勁，那種能量有的時候會壓倒並徹底擊垮我們男性。就個人的經驗來說，我昨天才被拖著從代官山經過澀谷、青山三丁目再走到原宿。幸好我深謀遠慮穿了慢跑鞋去，穿著高跟鞋竟然還可以走那麼遠的路，如果這種力量還不能夠稱爲執著的話，那該叫什麼才好呢？

總而言之，街上那些精品店，對男性而言實在是個難熬的所在。一來白耗時間，二來也覺得渾身不自在。擁擠的時候愣愣地杵在那裡會妨礙別的客人，但是反過來說，因爲對洋裝或是皮包又不是特別感興趣，也不能瀏覽一件件商品打發時間。那實在是件傷腦筋的事情。

但是很不可思議的，到了國外卻不會有這種情形，陪太座去逛精品店並不會覺得很無聊或是難以招架。我覺得，這或許是因爲店家對於陪同前來的男伴設想周到的緣故吧。在舊金山的「蘿拉・阿雪萊」(Laura Ashley)，當妻子在選購服裝的時候，可愛的女店員過來招呼我，聊著「從東京來的嗎？是個好地方嗎？眞想去看看哪。我出生於新奧爾良。去過新奧爾良嗎？」之類的話題；在檀香山郊區的一家精品店，不但有沙發可坐，甚至還端出可樂與扭結餅(pretzel)招待我。如果是這樣的店，男方也會覺得下回再去也不錯。請東京的精品店多少也爲男性的立場考慮一下。男人可不只是"CASH AND CARRY"（負責付帳的搬運工）而已。男性也是活生生的人。

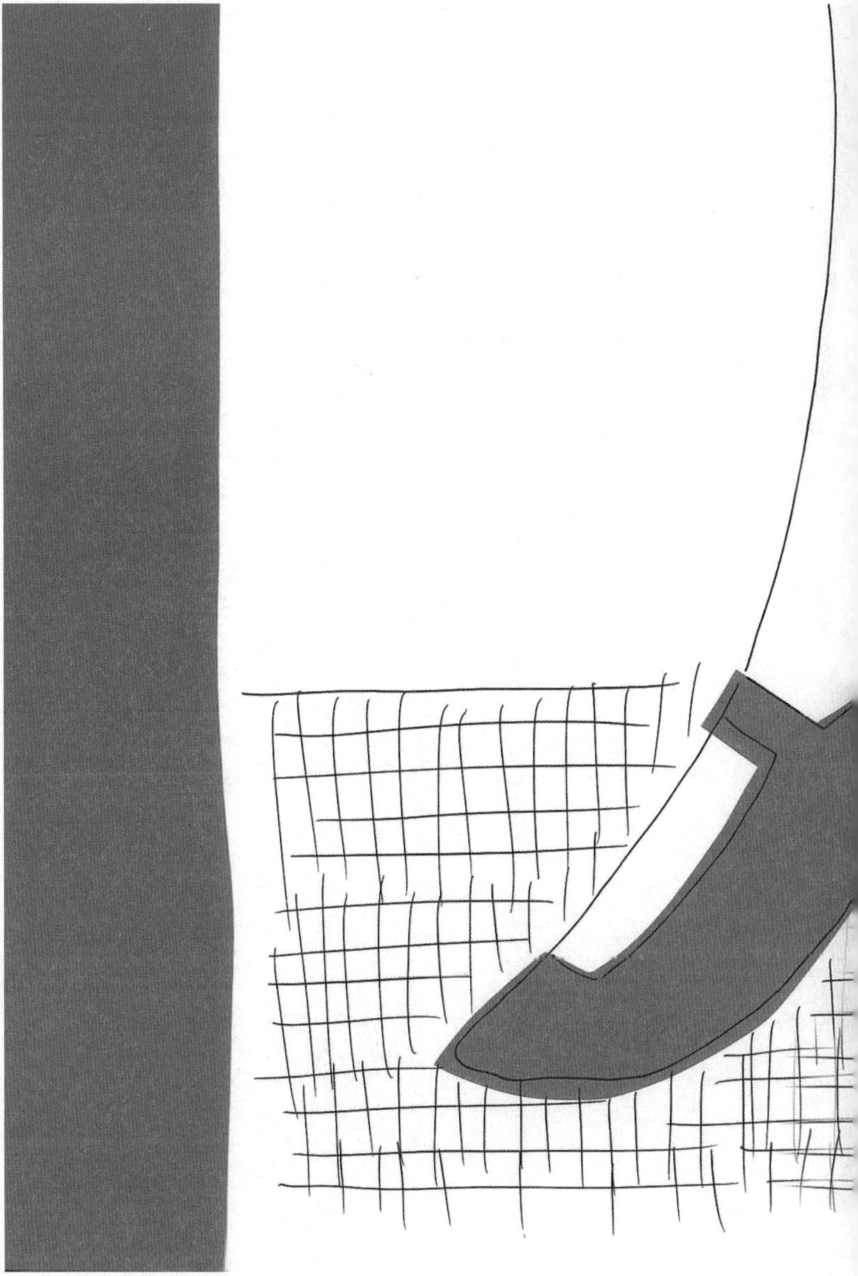

13 關於ＵＦＯ的省思

對於史帝芬・史匹柏(Steven Spielberg)所執導的《第三類接觸》(Close Encounters of the Third Kind)這部片子，我並沒有什麼感覺，不過這並非電影拍得不好，純粹只是因爲個人對ＵＦＯ這種東西不感興趣罷了。就電影而言，我覺得算是拍得算是相當有意思。無奈不感興趣的東西實在是沒辦法。由於我討厭鍋貼，若是有一部以鍋貼爲主角的電影，對那部作品我想不會有什麼好感。或許這可以說是任性，但人世間就是如此嘛。

不過，ＵＦＯ的情況與鍋貼不同，還說不上討厭。再一次聲明，純粹只是沒興趣而已。我並沒有不相信有ＵＦＯ存在，但是這也不意味我就相信。如果有人跟我說有這種東西，我會想「可能有吧」；要是有人跟我說沒有，我會覺得「大概沒有吧」。這該說是不預設立場吧，總之怎麼樣都好。

在我認識的人當中，有幾位據稱看過ＵＦＯ。聽到這種故事時，我只會「耶——」這麼回應而已。可是這樣的反應大多會令對方動怒：「你不相信是不是？」雖說我並非不相信有ＵＦＯ存在，只是被迫要對不感興趣的事情明確表態二者選一覺得麻煩而已，但是這種事情即使加以說明也很難得到諒解。實在難以應付。

日前有個女孩對我說過類似「春樹先生連ＵＦＯ沒有看過，這樣不行噢」這種意思的話。被人家這麼一說，我的確也覺得說不定眞是這個樣子。要繼續當個小說家，或許至少得看過一次ＵＦＯ才行也不一定。若是之前看過一些ＵＦＯ或是幽靈之類的東西，似乎就會鍍上一層藝術家的金外衣。也可以成爲茶餘飯後的話題。

唉，如此左思右想之後，若是權宜地將曾有見過幽浮、幽靈經驗的人定義成「藝術家」，沒有這種經驗的小說家等定義成「藝術方面活動者」怎麼樣呢？這麼一來，若是有人提起ＵＦＯ的話題，就可以表示「啊，我雖然寫小說，但不是『藝術家』而是『藝術方面活動者』，幽浮的話題我敬謝不敏。不好意思。」明白加以拒絕。而對方也能夠明瞭「喲，原來這傢伙是『藝術方面活動者』，跟他談幽浮也是白搭啦。」而諒解。皆大歡喜，可喜可賀。

14 貓之謎。

一種米可以養出百種人，事實上，貓也有各式各樣的貓。由於我大致上都過著悠閒的生活，經常有時間觀察家裡貓咪們的活動，而且怎麼看都不會覺得膩。如果有十隻貓就有十種個性，十種怪癖，十種的生活方式。如果有人說畢竟是生物那也是理所當然的嘛，那倒也沒錯，儘管如此，持續貼近觀察還是會發現許許多多不可思議的事情，一整天就在邊觀察邊覺得不可思議啊不可思議啊之下過去了。

我家養了一隻十一歲的母暹邏貓和一隻四歲的公阿比西尼亞貓，若是就性格的複雜度來看的話，上了年紀的暹邏貓果然還是有一日之長的老資格。第一就是餵飯的時候，這隻貓並不會立刻進食。就算肚子再餓，都還是會一副「喲，飯來啦」的表情冷淡地掉頭走開，好整以暇地舔著尾巴。擱置一會兒之後餘溫都冷掉了才終於走過來，一副「欸也該吃了吧」的模樣開始進食。爲什麼非得一步一步這麼搞不

可，我完全無法理解。

除此之外這隻貓還有個習慣，就是在寒冷的季節進棉被睡覺的時候，剛開始必定會進出棉被三次。首先鑽進棉被裡，躺下來，想了一會兒之後，好像感覺「怎麼都不太對勁喵」似地咻溜鑽出去。如此連續三次，到了第四次才終於安定下來沈沈睡去。這個儀式大約費時十分鐘到十五分鐘。不論怎麼想，這純粹都只是浪費時間而已。一來這就貓而言應該也很費事，對我來說好不容易迷迷糊糊正想睡的時候，貓這樣進進出出實在氣人。世界上雖然有「三顧茅廬」這種事，可是貓應該沒有在夜裡這麼做的必然性才對。

有時候我會認眞地試著思考，爲什麼，基於什麼樣的理由，有什麼故事，才會讓貓的腦袋裡產生那一類的怪癖呢？難道貓也有貓的童年經驗，有青春期的狂熱，有挫折，有糾葛嗎？莫非經歷了那樣的過程，於是產生了一個貓的人格特質，才使得她在冬天的夜裡正確地進出棉被三次嗎？

關於貓，還有非常多事情仍然包裹在謎團之中。

REED'S

TRAVEL

15 ON THE ROCK的哲學

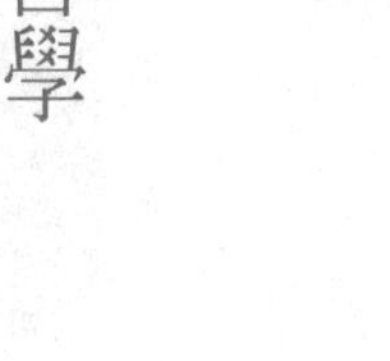

我在學生時代相當不喜歡念書，從而成績也好不到哪裡去，唯一的例外就是非常喜歡讀「英翻日」的參考書。

「英翻日」參考書的有趣之處在於，裡面有非常多範例。光是將這些範例一一讀過背下來就讓我完全不會感到厭煩，而且日積月累下來在不知不覺間，自然而然就能夠閱讀英文書籍了。我並無意挑剔學校英語教育的毛病，但是無論怎麼將前置詞、動詞變化這些東西正確塞進腦袋裡也沒有辦法閱讀書籍。

當時背下的範例至今仍然記得一些。例如毛姆(William Somerset Maugham)的「不論什麼樣的刮鬍刀都有其哲學」這句話就是其中之一。當然前後都還有相當長的文章，不過我都已經忘了。文章的內容簡單來說就是：即使再細微的事情，只要每天持續下去，哲學就會自然而然從中產生。若要對女性表達，就是「不論什麼樣的口紅都有其哲學」。

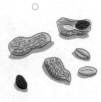

高中時代讀了毛姆的文章後，「唔─，人生就是這麼回事啊」我相當天眞地表示贊同。長大成人後在吧台裡工作的時候，也是每天邊想著「不論什麼樣的ON THE ROCK都有其哲學」邊調ON THE ROCK，持續做了八年。

至於ON THE ROCK之中是否眞的有哲學存在，這是毋庸置疑的。不用說，這個世界上好喝的ON THE ROCK與不好喝的ON THE ROCK應該都有吧，而好喝的ON THE ROCK之中確實存在著哲學。或許你會認爲，ON THE ROCK這種玩意兒不過就只是將威士忌倒在冰塊上面而已嘛，然而光是冰塊的分配方法這一點，就足以影響ON THE ROCK的品味與味道。

說到冰，大塊的冰和小塊的冰融化情況就不相同。如果只使用大塊冰，硬梆梆的不美觀；但是反過來小塊冰太多的話，又會馬上變得淡而無味。必須將大中小的冰塊巧妙搭配，然後才將威士忌注入。這樣威士忌才能夠流暢地在玻璃杯裡畫出琥珀色的小漩渦。只不過，要到達這種境界必須耗費相當長的歲月。

以這種方式學得的小小哲學，小歸小，可是我覺得日後將會有莫大的助益。

JELL-O
PUDDING
PIE FILLING

Del Mon

16 百貨公司的四季

女人家可能都很喜歡上百貨公司，但是實不相瞞，我也非常喜歡百貨公司。能夠像那樣愉快地打發時間的場所，如果撇開動物園不算的話，好像就找不到其他的了，更何況還不必買門票。

我目前定居的城市，百貨公司就有五家之多。因爲是衛星都市，規模與貨色齊全方面自然都比不上東京都心，但是離家步行五到十分鐘的範圍就有五家百貨公司實在是樂事一樁，如果有空的話（差不多每天都有空）就出門來到車站前逛百貨公司散步。

最適合去百貨公司蹓躂的時段，再怎麼說都是非例假日的上午。沒什麼客人，空氣好，所有的東西都好像尚未使用似的整整齊齊。剛開始營業的時候上門，服務員還會特別有禮貌地招呼問候。總覺得沒什麼顧客的百貨公司與植物園非常像。晃晃悠悠地邊走邊看著商品，可以體味到類似「呀，紫陽花的花苞就快要冒出來囉」或是「木蘭花已經完全凋落了」這樣的微妙季節感。一旦夏日的腳步近了，店內的佈置便跟著清涼起來，夏日洋裝、泳裝、衝浪板、無肩帶胸罩（這種玩意兒看多了可不太妙）也越來越招眼，不禁就會汩汩湧出「夏天來囉」的真實感。當季最早體驗到的冷氣涼風，大多也是在百貨公司裡面。染上秋天枯葉色的百貨公司則會散發出毛衣的氣味，別有一番風情，至於聖誕節之前的熱鬧氣氛應該就不必再多說了吧。

除此之外，百貨公司的頂樓也是一個相當有意思的地方。晴天時可以坐在長椅上和小孩子一同啃熱狗或是吃章魚燒、打打「星際保衛戰」（Xevious）都很不錯；雨天時撐著傘在頂樓散步也很棒。最近因爲沒有這種機會而不再這麼做了，可是以前下雨的時候我經常和女孩子兩個人一起登上百貨公司的頂樓。露天的桌椅與木馬等等都被雨水淋溼了，周遭的風景一片朦朧。想當然耳，四下多半不見其他人。只有寵物賣場的熱帶魚和平常一樣在水槽裡游來游去而已。

關於百貨公司，我覺得似乎仍然殘留著許許多多有待發掘的可能性。

17 BUSY OFFICE

有生以來，我這個人從不曾在叫做公司的地方工作過。話雖這麼說，我並沒有特意一直排斥拒絕公司勤務，只是不知不覺自然演變成這個樣子而已。有時候我會想，如果要用彩色筆什麼的將構成人生的要素一一塗上顏色的話，塗滿「自然演變」這一項的顏色所需的彩色筆大概會用掉相當的量吧。

不過話又說回來，由於不曾在公司上過班，公司及其附帶的各式各樣周邊事物在我的認知領域裡是一片空白。例如打著領帶去上班到底是怎麼一回事呢？上司與部屬在精神層面有著什麼樣的位置關係呢？辦公室戀情是怎麼個狀況呢？冷板凳族每天都做些什麼呢？諸如此類的事情全部都超乎我想像力的範圍之外。

公司很忙，這種說法我也無法理解。如果是「蕎麥麵店很忙」、「蔬果店很忙」的話，即便是我都能夠實際體會。可是「公司很忙」這種事情我怎麼也沒有辦法理解。

有個高中時代的朋友經營了一家廣告代理之類的公司，我有時會順道去那辦公室玩，只見二十名左右的職員似乎個個都很忙。有人在講電話，有人在塡寫什麼表格，也有人抱著紙袋向外飛奔而去。雖然看在眼裡會覺得眞是不得了啊，但是因爲無法具體弄清楚到底是怎麼個忙法，並不會產生同情心那種程度的感覺。

望著辦公室的風景，不禁令我深深有種這個世界的組成眞是非常複雜哪的實際感受。如果世界只是由蕎麥麵店和蔬果店組成的話，所有人的人生想必都會遠遠單純得多。因爲只要諸如「太太麻煩稍等一下。我得先幫這位把番茄裝起來」或是「不好意思，因爲現在店裡正忙，外送要等卅分鐘」之類的對話就能夠溝通了。

「好像很忙噢。」我對那個朋友說，「那是當然的囉。看也知道嘛。」他回答。至於到底是忙成什麼樣子，他並沒有加以說明。因爲忙得沒有空說明了。

18

新聞與報時

搭計程車心不在焉地聽著廣播新聞報導的時候，常常會發生令我著實嚇了一跳的情況。並不是因爲內容特別嚇人，而是播報員平淡無奇的話語讓我吃驚。

例如一聽到「高速公路一號線某某交流道附近的下行車道，有卡車長褥瘡（nikuzure），回堵將近三公里」，我當下只覺得納悶：「爲什麼卡車會長褥瘡呢？」可是再仔細想想，這很明顯的是「貨物散落」。如果卡車會長褥瘡，摩托車會得香港腳的話，一定會天下大亂。

還有一則「昨天，日本與蘇聯進行鐘點費（時間給，jikankyuu）協商……」的新聞。當時我也是「爲什麼日本和蘇聯要商討鐘點費的問題呢？」陷入沈思，但是聽了後續的說明之後才明白是「次長級」。世界上就是會有各種會錯意的情況。

由於我覺得好笑得不得了而在計程車後座嗤嗤笑了起來，「先生，是不是有什

麼好事呀？」司機問道。雖然我以「嗯？喔不，沒什麼。」適當敷衍過去，但是這種極其個人的小小樂趣，卻會令人心情非常愉快。

很久以前還曾經有一個在廣播中連續兩度報錯時間的播報員。竟然出現「現在是標準時間七點整。對不起，是八點整。哦不，眞是抱歉，是九點整。現在是標準時間九點整。」這種狀況，令我聽著廣播獨自大笑了好一會兒，不過那個播報員後來鐵定會被上司狠狠刮一頓。說不定還會被同事取一個「七點八點九點搞不清楚」之類的綽號，接下來好幾年都被嘲笑捉弄。想想還眞可憐。可憐歸可憐，就是很好笑。若是這類的小插曲能夠每天來上一回變成常態的話，我覺得人生似乎就可以過得相當愉快了。

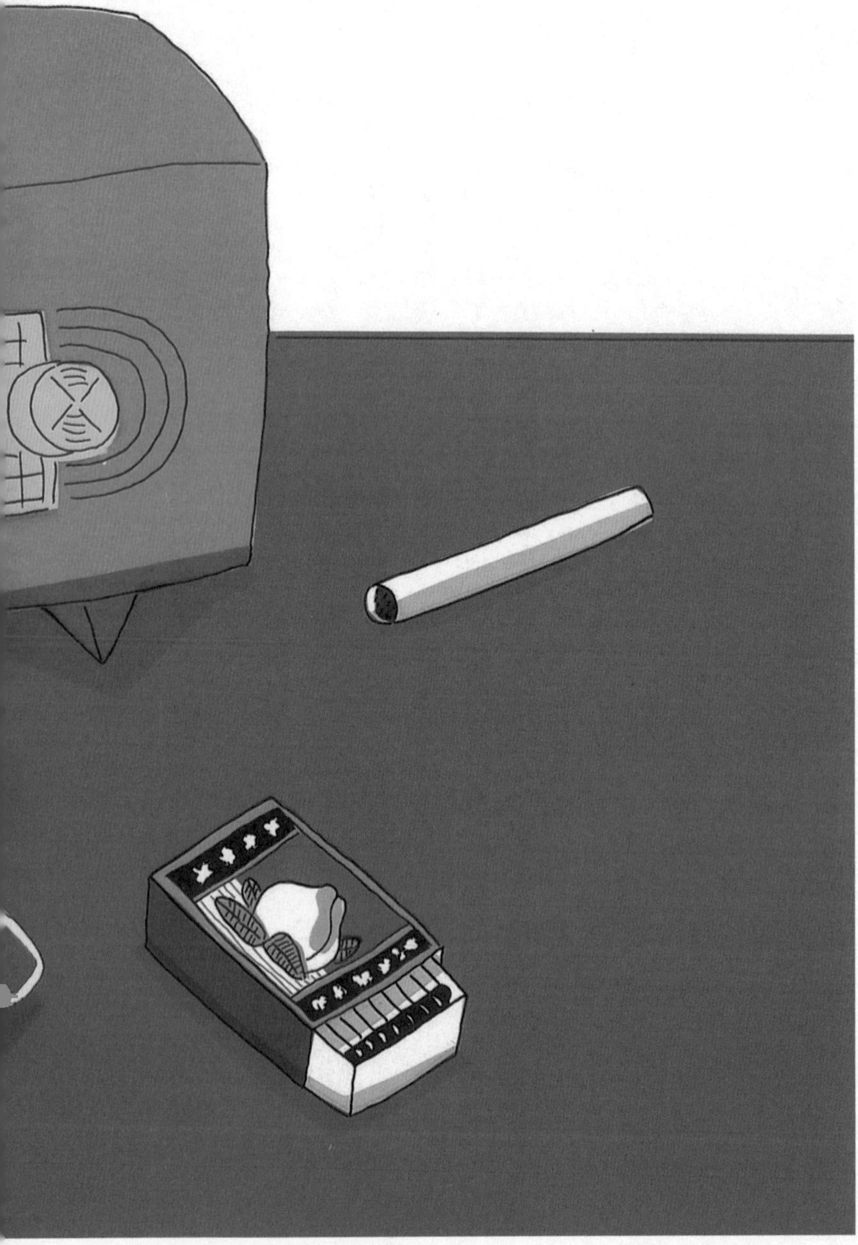

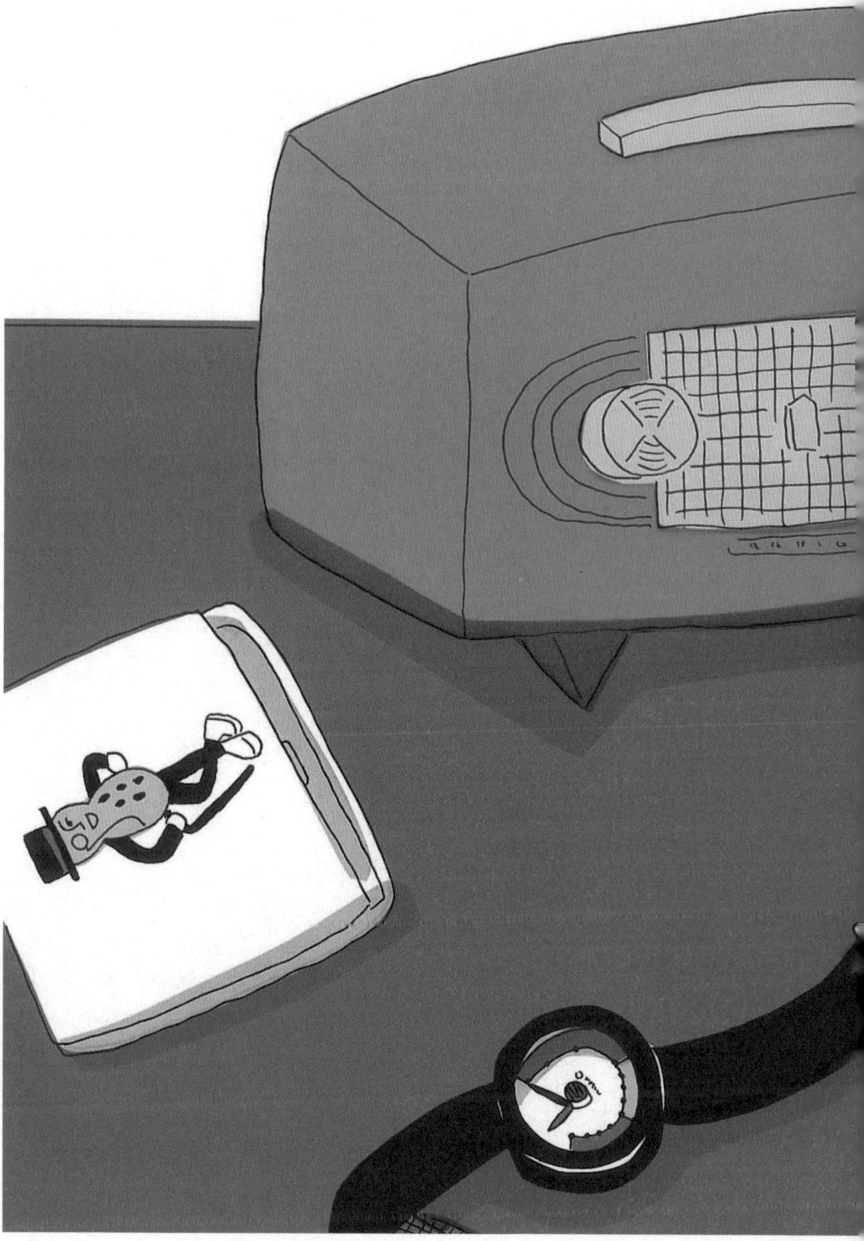

19 小確幸

由於最近有改用美式風格外來語pants來稱呼褲子（註：原本是法文外來語jupon）的趨勢，因此有時候我會搞不清楚該怎麼稱呼向來穿在那下面的（這種說法也怪怪的）pants了。英語中的正式名稱應該是underpants才對，但是這個名稱在日本並沒有明確固定下來，因此外pants與內pants的混亂狀況是越來越嚴重了。

話說回來，我滿喜歡收集那種——當然是男用的——underpants。有時候自己去逛百貨公司，就會在「買那一條好呢，還是買這這一條？」的猶豫之下一口氣買了五、六條。拜此之賜，衣櫃的抽屜裡累積了數量相當可觀的內褲。

抽屜裡塞滿了摺疊整齊捲好的乾淨內褲，不正是人生中小而確切的幸福（簡稱小確幸）之一嗎，我這麼認為。不過這或許是只有我才有的特殊想法也不一定。因爲，除了一個人生活的單身漢之外，自己爲自己選購內褲的男人，至少在我身邊是一個也沒有。

我也相當喜歡汗衫。將嶄新的，散發著棉花味道的白色汗衫從頭上套下來的時候，那種感覺當然也是一種小確幸。只不過，由於我這個人一直是整批購買同一廠牌同一款式，所以和內褲的情形不同，在選購的時候並沒有愉悅的感覺。

可是這麼一想，以男性的情況而言，內衣褲的範疇到此便隨即結束了。若是與女性內衣褲所涵蓋的廣大範圍相比，簡直就像是先建後售住宅的前院似的，狹窄而簡潔。只有內褲和汗衫而已。

想著內衣褲的時候，偶爾會有幸而生爲男兒身的感慨。因爲如果我保有如今的性格而生爲女性的話，擺置內衣的抽屜很可能兩、三個都不夠用吧。

20 葡萄

與巨無霸客機失事相比也許這只是件微不足道的事故，幾年前有一回我曾經因爲遇到颱風而被迫在中央線列車上窩了一夜。傍晚在松本搭上特急列車，行經大月之後沒多久，列車就因爲崖崩而完全停了下來。

天明之後雖然颱風已經遠去，但是路線搶修工作的進展緩慢，結果當天直到下午爲止我們都待在列車上打發時間。話雖如此，由於我本來就很閒，即使晚個一、兩天回東京也完全沒有影響。我在列車停靠的小鎭散散步，買了一袋葡萄和三本菲力普·K·迪克的文庫本小說，然後回到座位上邊悠閒地讀書邊吃葡萄。雖然覺得對那些趕時間的旅客很不好意思，不過這對我而言可是一個相當愉快的經驗。不但可以看書、有分發的便當可以吃、特快車的車資還可以退費，如果這樣還有怨言的話，我覺得很可能會遭到報應。

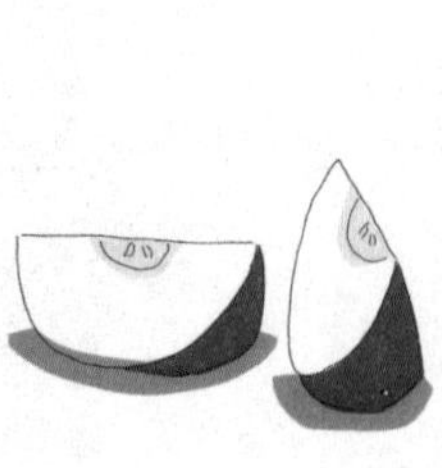

在平常情況絕對不會在此下車的小車站下了車，在那裡的小鎮上漫無目的蹓躂。蹓躂也令人覺得心情非常愉快。我已經忘了小鎮的名字，那是個花十五分鐘就能夠從這頭走到那頭的地方。有郵局、書店、藥房、類似消防分隊的單位，有一所擁有特大運動場的小學，有小狗低頭走著。

颱風通過之後的天空藍得澄澈，四下的積水清晰反映出天上的白雲。當我經過一家似乎是專門批發葡萄的水果店門前的時候，一股新鮮葡萄的酸甜香氣撲鼻而來。我在那家店買了一袋葡萄，然後邊讀著菲力普・K・迪克的小說邊將葡萄吃到一顆也不剩。因爲這樣，我手上的《火星時流》(*Martian Time-Slip*) 裡到處都染上了葡萄汁的漬痕。

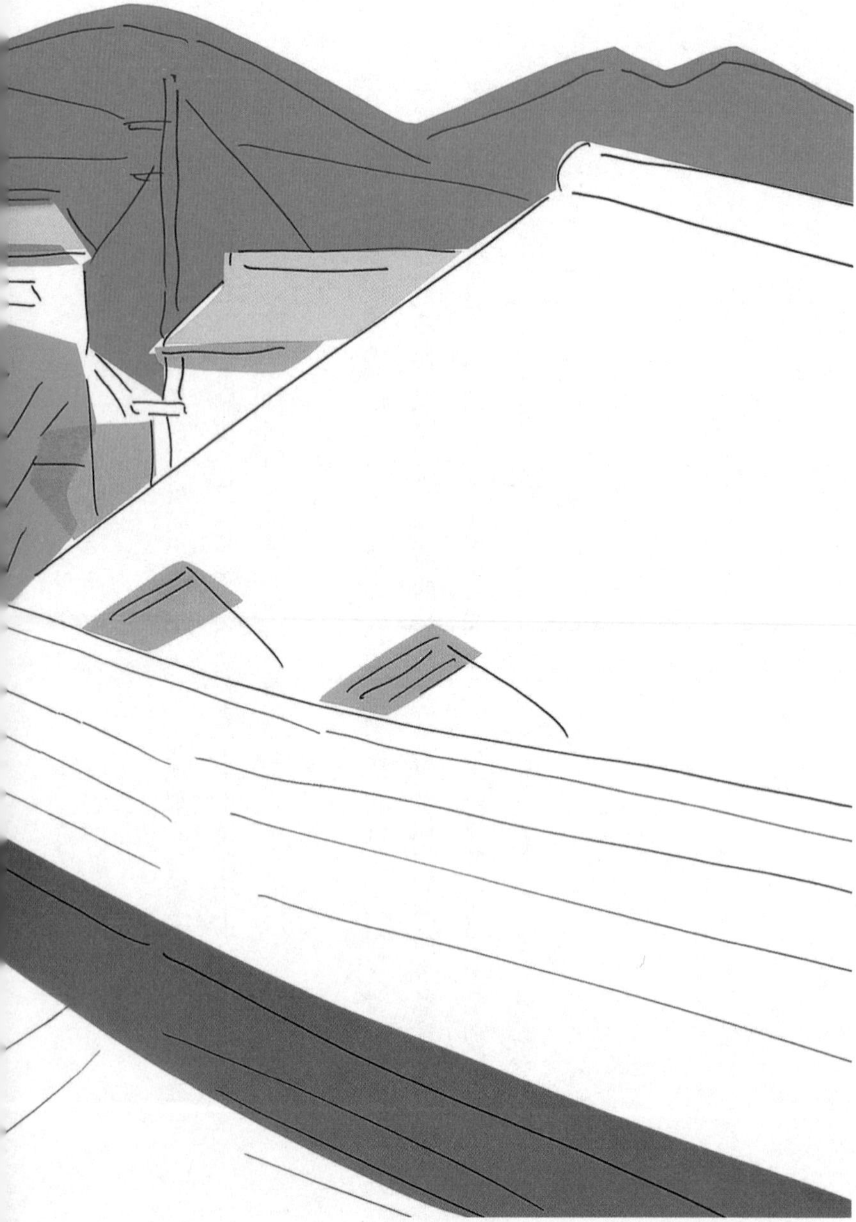

21 八月的聖誕節

儘管行爲本身並不是多麼困難，但就是很難付諸實行——世界上就是存在著好些這種類型的作業。比如說在盛夏購買聖誕唱片就是其中一例。

雖然購買一張唱片並不是須要下多麼重大決心的行爲，但只要那唱片是聖誕唱片，而季節是在八月，我的心總是總是會在「苦海」（這如果是在月球表面的話就好）深而黑暗的海底掙扎。到底今年的聖誕節我是不是眞的會想要聽聖誕唱片呢？還有，聖誕節眞是那麼具有意義的節日嗎？這麼掙扎著。在八月中被迫對聖誕節以及聖誕節周邊事物作出價值判斷實在是一件相當難受的事情。

因爲這樣，我至今已經與許許多多珍貴的聖誕唱片失之交臂。不但錯失了艾拉・費茲傑羅的聖誕老唱片，也沒買到肯尼・布瑞爾(Kenny Burrell)的唱片。也不知道是怎麼回事，我總是總是會發生於仲夏時節在二手唱片行與珍貴的聖誕唱片不

期而遇的狀況。所以總是總是到了十二月就陷入後悔「當時要是買下就好啦」的下場。

但是起碼在今年冬天吧，我絕對不會發生後悔的情況了。這是因爲，我在這個六月下定決心「就在今年的夏季大減價將聖誕唱片買個夠吧」，並且大膽付諸行動。而且事實上八月在檀香山就蒐購了十張之多的聖誕節唱片。在某家店裡我甚至還聽到Merry Christmas的祝福聲呢。

不過我在夏天撒下的種子已然成長茂盛，聖誕節也即將降臨各大街小巷了。而我家的唱片架上，法蘭克・辛那屈(Frank Sinatra)、佩蒂・佩吉(Patti Page)、查特・亞金斯(Chet Atkins)一直靜靜在等著輪到他們出場。

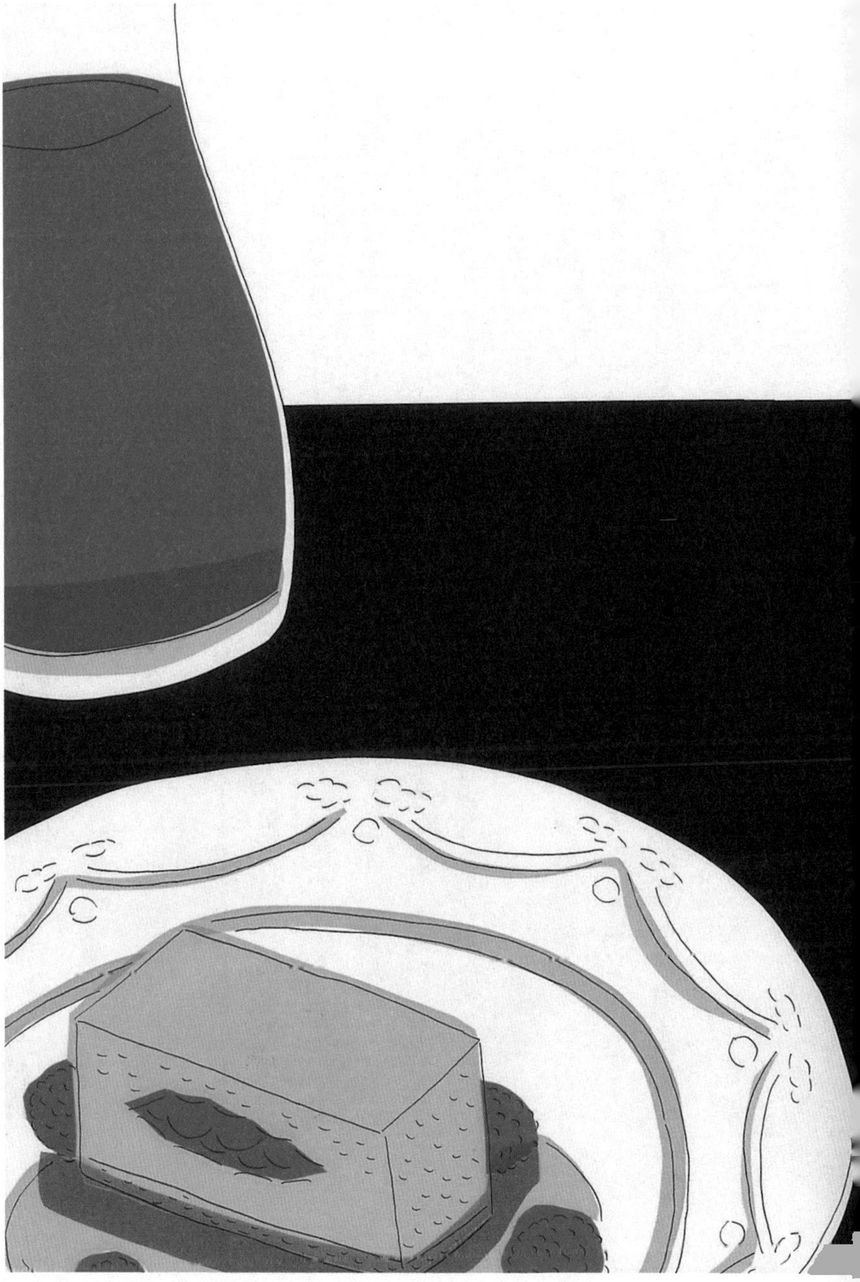

22

獻給隨身聽的安魂曲。

結結實實操了四年的隨身聽最近終於狀況越來越差，我於是下定決心購買新款來替換。雖然一句話四年帶過，但是我的情況是每天晨跑的時候都用護帶縛在手臂上，耗損度應該遠比一般人的使用情況激烈才對。若是用正確的話語來表現，**Rumman** 會比 **Walkman** 更貼切，而且四年間沾染汗水、淋雨、被甩來晃去，有時候還被摔到水泥路面上，依然不發一句怨言努力為我服務。若是有專門安置機械的寺廟的話，我甚至會想把隨身聽送進去供養。可能還會追加一個「村上走行音樂童士」之類的諡號噢。

去音響店買回來的第二代新型隨身聽體積遠比第一個要小，重量大約也只有一半，此外甚至還有自動換面的功能，也可以充電。價格方面也比第一代的便宜。一想到一種機器只不過四年的時間就有如此的進步就令我無限感慨——即使還不到這種程度，也著實令人感嘆的了。至少與人類的（比方說我的）進步速度相比，這種進步的速度實在讓人瞠目結舌。

但是在爲此感嘆的同時我也心生懷疑，到底「隨身聽」是不是有必要進步到這種地步呢？雖說對於一種機械變得便宜、輕薄短小而又方便這件事情本身完全沒有異議，但是怔怔看著退休的第一代隨身聽時，「就算維持原狀沒有進步也不會有什麼不便嘛」我忽然這麼想。可是照這個方式思考的話，可能世界上高達九十五％的進步都可以看作是不值得一提的東西了，所以這大概是個很不可取的想法吧。

但不管怎麼說，新力隨身聽ＷＭⅡ呀，請安息吧。

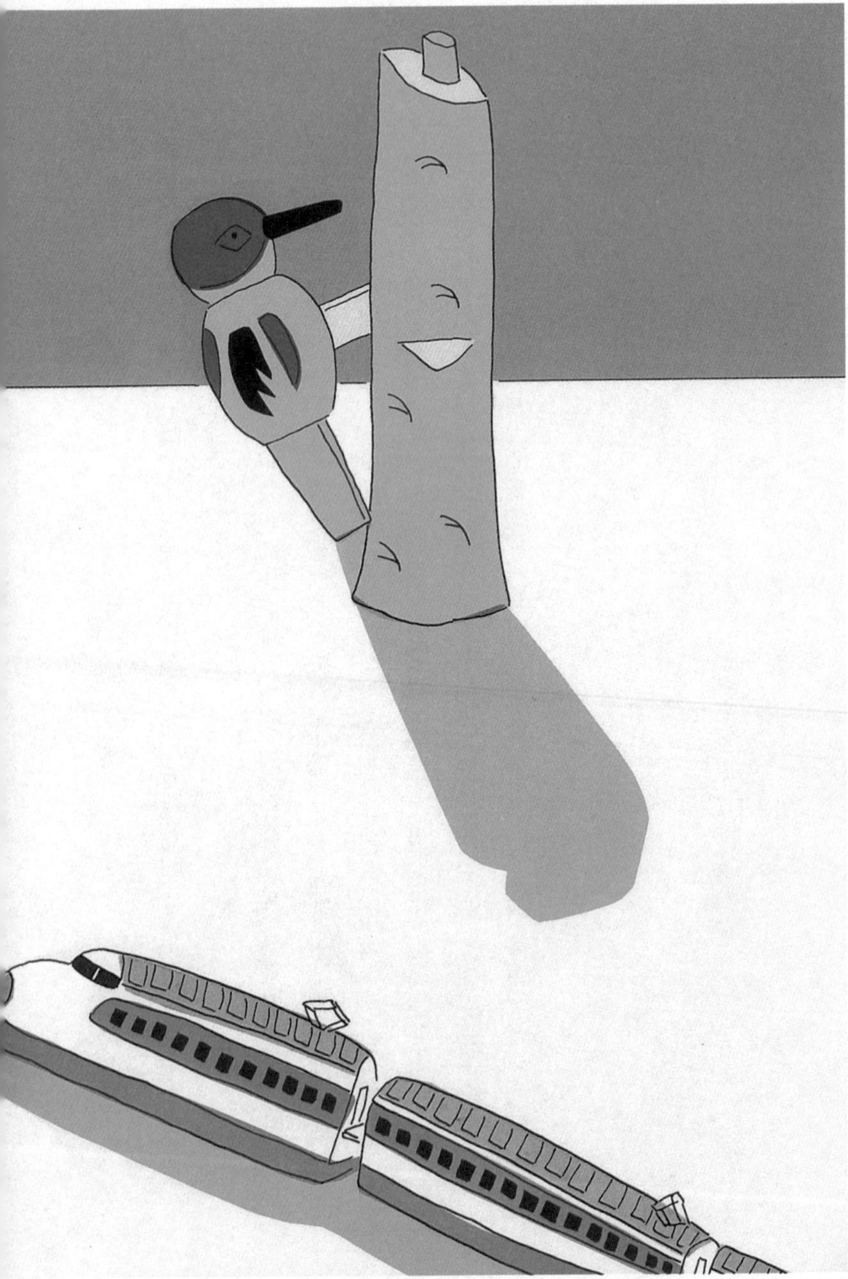

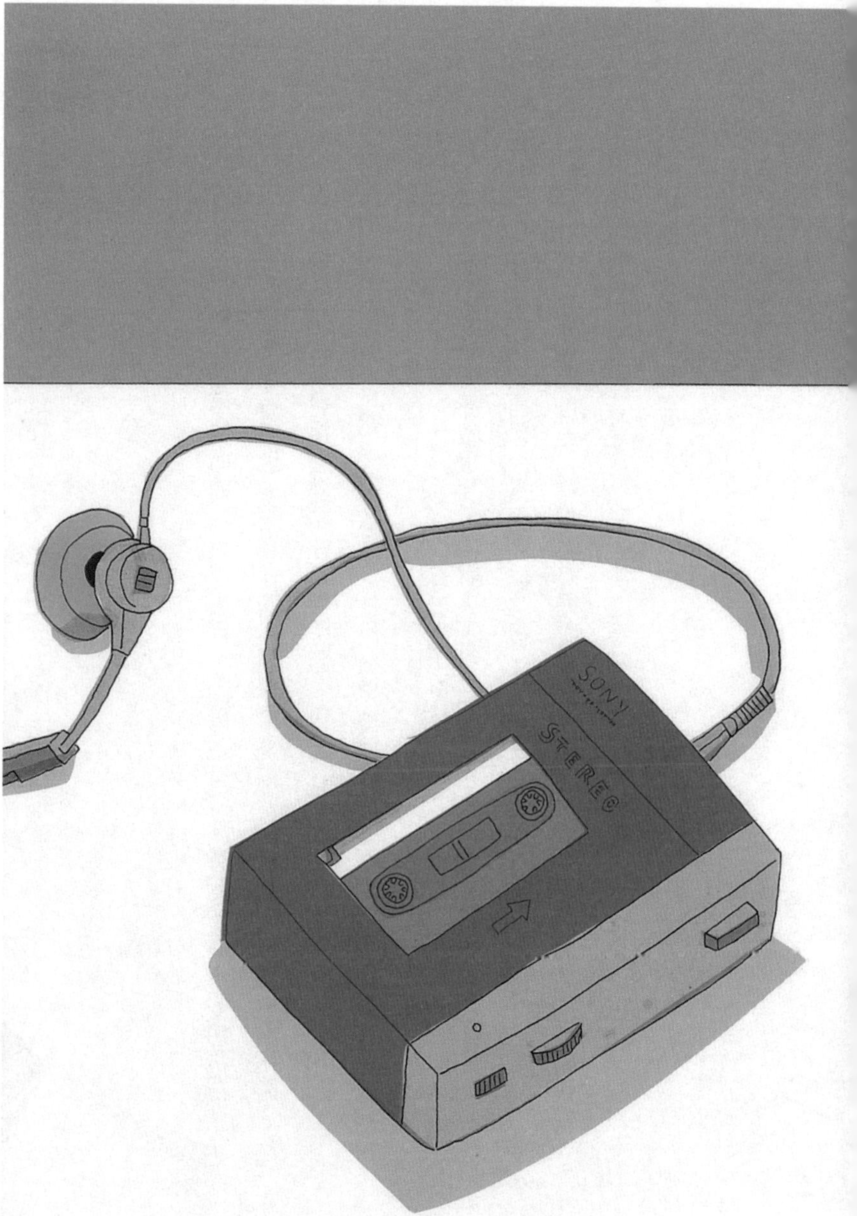
SONY
STEREO

23 「核子冬天」的電影院

日前爲了辦一點事情而前往京都旅行，因爲還有多餘時間，便依照慣例找了家顯眼的電影院鑽進去看電影。說實在的，我非常喜歡像這樣在旅行途中看電影。雖然在東京的時候並不會這麼熱中往電影院跑，可是在旅行中來到陌生的城市一看到電影院的廣告招牌，幾乎已經像是條件反射似地就會往裡面走。爲什麼會這樣我自己也搞不清楚。

在京都看的是一部戰爭片，《戰火下》(Under Fire)，因爲是最早場，開始放映時觀眾只有我一個人而已。電影開演之後十分鐘左右有第二個觀眾進來，才讓我多少鬆了口氣，畢竟獨自一人在電影院裡看電影會因爲過於空蕩蕩而令人坐立難安。我忽然間開始想像，若是在核子大戰之後獨自一個人殘存下來的話，之後是否就會有這樣的人生在等著呢？

說到這裡我又想到，有一次在柏林的動物園車站附近去看《Christiane F》，走進電影院的時候也只有我一個觀眾而已。再加上那是一家非常老舊、寬敞、巨大而氣氛幽暗的電影院，一個人孤零零地坐在裡面實在是令人感到畏縮。而且外國的電影院也和日本不同，電影開映之後全場就整個暗下來，即使四下打量也完全看不出後來究竟是否還有新觀眾進來。在心裡懷著「難道這片黑暗之中只有我一個人嗎？」的不安之下觀看《Christiane F》，對那陰鬱與苦悶更是有深一層的感受。

電影結束之後燈光亮起，四下察看之後終於弄清楚，總共有四名觀眾。就這樣，在柏林這家有如「核子冬天」的空蕩蕩電影院裡，我們四個人不由得面面相覷。

LIFE

No I-B
TIME

24 地下鐵銀座線上的大猿詛咒

日前搭乘地下鐵的時候，對面的座位上有兩位明顯像是母女的女性坐在一起。兩人的大腿上都擱著同一家百貨公司的手提袋，而且長相就像一個模子刻出來似的。

反正我閒著也是閒著，心裡邊想著「只有母女才會長得這麼像哪。這女孩子年紀大了之後，一定會變成這樣的歐巴桑吧。」等等深深感嘆贊同，眼睛邊不時偷偷觀察她們倆。但是電車在赤坂見附靠站停車的時候，年長的女性卻什麼也沒說就獨自迅速下車了。也就是說，那兩位並非母女，只是碰巧坐在一起的陌生人而已。

我經常發生這種想岔了的情況。這是因爲除了欠缺判斷力之外（大概是欠缺吧，我想），再加上想像力一個勁兒跑野馬的緣故。所以一旦認定是母女，就不管三七二十一自行認眞去想像那兩名女性的親子性了。眞是件傷腦筋的事。

儘管如此，我至今依然無法拋開那兩名女性眞的是母女的可能性。只是因爲某種因由，才會使得兩人不知道彼此其實是母女，我心想。

比方說當那位年輕小姐還是嬰兒的時候——比方說東京奧運的那一年——在森林深處被大猿抓走了。當母親採好草莓回來的時候，已不見小嬰兒的蹤影，現場只留下小小的毛線帽和大猿的毛而已。

而後經過了二十二年。小女孩被大猿撫養到八歲，之後就被帶到鎮上丟到鎮長家，長大成爲一個美麗的姑娘，今天是去銀座的松屋購買不鏽鋼製的胡椒瓶。但是因爲母親認爲她已經死了，即使在地下鐵上就坐在隔壁的座位，也沒有認出是自己的女兒。因爲大猿的詛咒依然沉沉壓在她們身上。

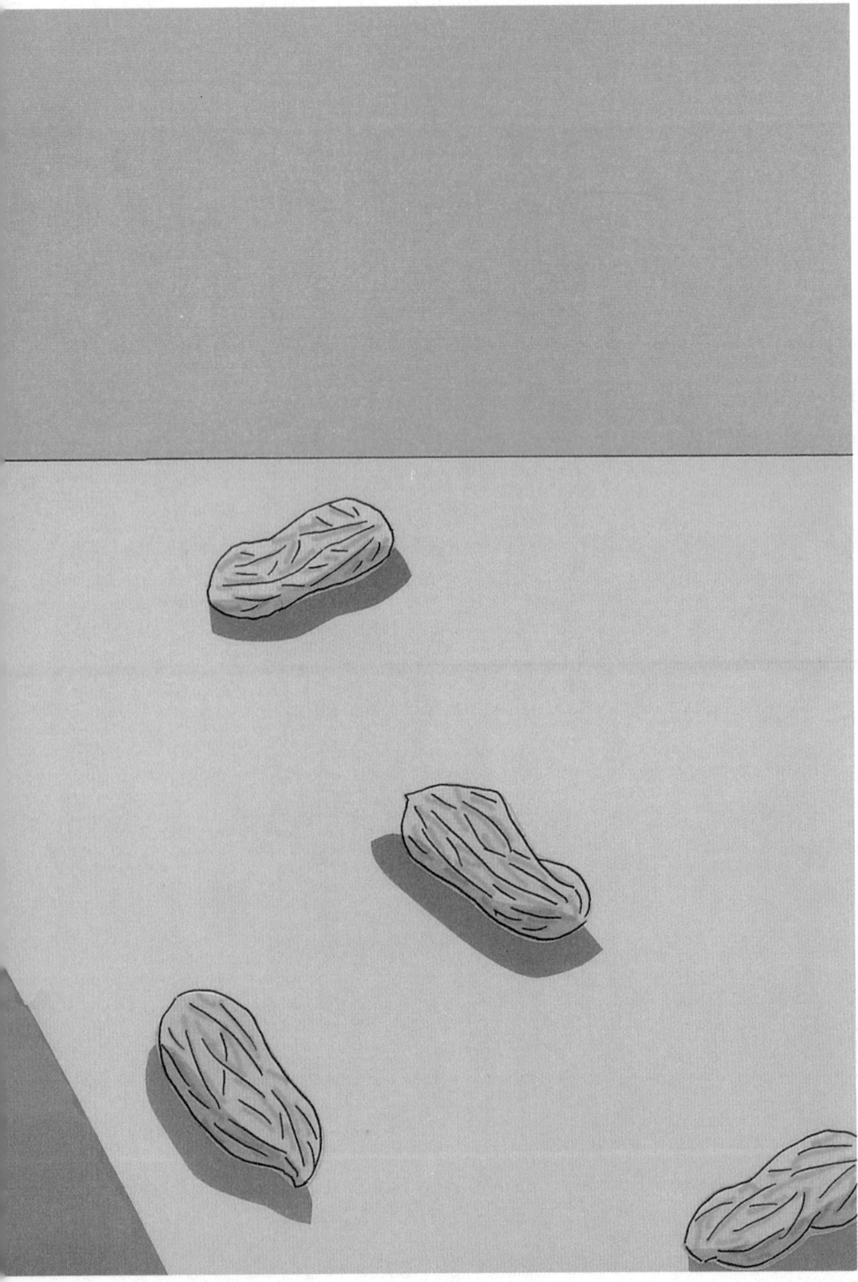

ALF

25 蘭格漢斯島的午後

一件往事。

進中學的那年春天，第一次上生物課時忘了帶課本，老師要我回家去拿。我家距離學校步行大約需要十五分鐘，如果往返都用跑的，幾乎不會耽誤到上課便可以趕回來。由於我那時是個非常純樸的中學生（以前的中學生好像每個都是很純樸的），便遵照老師的要求拚命跑回家，拿了課本，咕嘟咕嘟喝了杯水，然後又朝學校跑去。

在我家與學校之間，有一條河川流過。是一條並不太深，水流美麗的河川，上面橫跨著一座饒富情趣的古老石橋。連摩托車也無法通行的窄橋。四周作爲公園，成排的夾竹桃長得很茂盛，好像屛風一樣。站在橋的正中央，倚著護欄向南方極目望去，可以看到海面上的粼粼波光。在這個以「暖洋洋」來形容最爲貼切，讓人舒

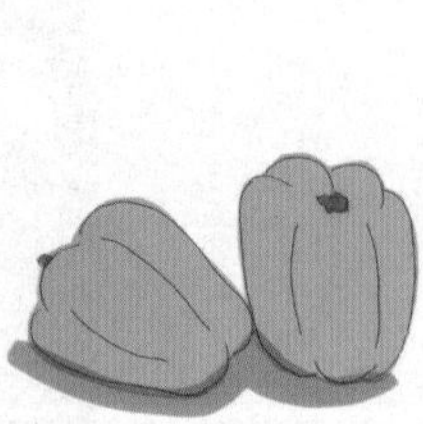

服得彷彿一顆心都要軟化融解了似的春日午後，四下打量一番，一切的一切看起來都好像輕飄飄地從地表浮升了二、三公分似的。我喘了口氣擦擦汗，在河邊的草地上躺下來眺望天空。跑了那麼遠的路，休息個五、六分鐘應該沒有關係吧。

頭頂上的白雲看起來似乎一直停留在原處，但是將一隻手指豎在眼前來觀測，才知道原來是非常緩慢地向東方移動。枕在腦袋下面的生物課本，自然也散發出春天的氣息。青蛙的視神經，還有那神祕的蘭格漢斯島（islet of Largerhans，胰臟的蘭氏小島），都散發出春天的氣息。一閉上眼睛，就會聽見河水像是輕撫著柔軟沙地流過的聲音。在這彷彿被捲入春天漩渦中心的四月午後，要再跑回生物教室，這種事我可不幹。在１９６１年春天溫暖的黑暗中，我悄悄伸出手撫觸著蘭格漢斯島的岸邊。

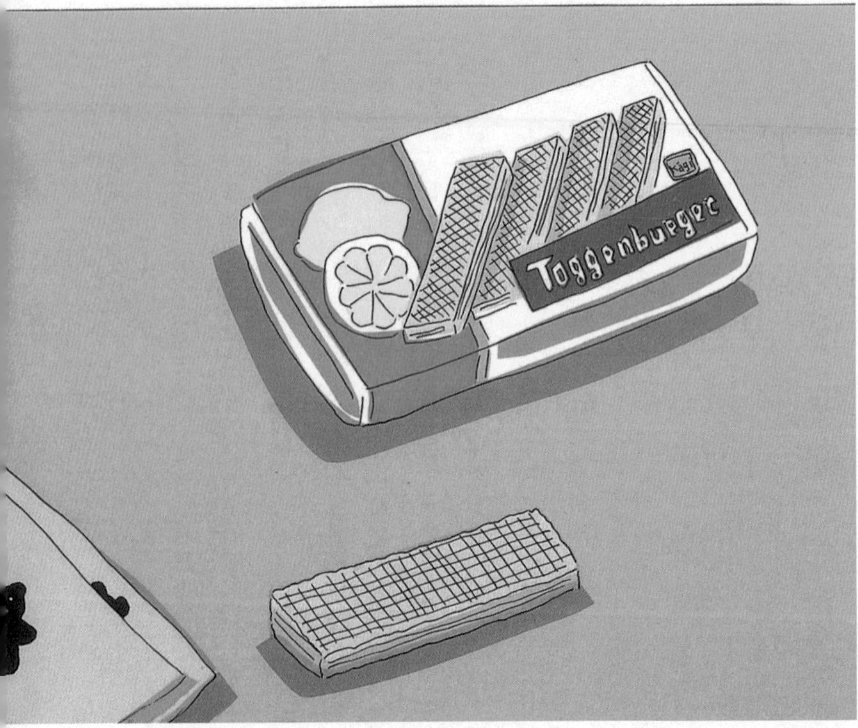
Kägi
Toggenburger

後記

這本書，是由一九八四年六月，也就是從 *CLASSY* 創刊開始的兩年間，在「村上朝日堂畫報」這個連載單元，由我與村上春樹兄兩個人合作的作品集結而成。而這本書的書名，則採用了村上兄爲本書新作的「蘭格漢斯島的午後」取代了「村上朝日堂畫報」。

到今天爲止，我曾經和村上春樹兄合作過各式各樣的案子，但是每個月繪製這麼大幅的圖，這份工作倒還是第一次。

兩年的時間，一轉眼就過去了。

安西水丸

本作品於昭和六十一年十一月由光文社出版

編注，中文版《蘭格漢斯島的午後》是依新潮社文庫本翻譯。

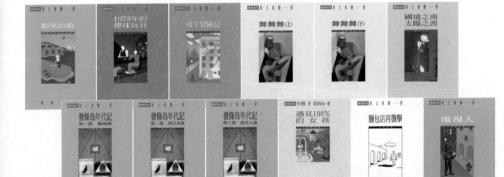

藍小說 933

蘭格漢斯島的午後

作　者—村上春樹
繪　者—安西水丸
譯　者—張致斌
主　編—葉美瑤
編　輯—黃嬿羽
企　劃—黃俊隆
校　對—張致斌、黃嬿羽

董事長—趙政岷
出版者—時報文化出版企業股份有限公司
108019台北市和平西路三段二四〇號四樓
發行專線—（〇二）二三〇六—六八四二
讀者服務專線—〇八〇〇—二三一—七〇五
（〇二）二三〇四—七一〇三
讀者服務傳真—（〇二）二三〇四—六八五八
郵撥—一九三四四七二四時報文化出版公司
信箱—10899台北華江橋郵局第九十九信箱

時報悅讀網—http://www.readingtimes.com.tw
法律顧問—理律法律事務所　陳長文律師、李念祖律師
印　刷—勁達印刷有限公司
初版一刷—二〇〇二年十二月十六日
初版十四刷—二〇二四年九月十日
定　價—新台幣一五〇元

時報文化出版公司成立於一九七五年，
並於一九九九年股票上櫃公開發行，於二〇〇八年脫離中時集團非屬旺中，
以「尊重智慧與創意的文化事業」為信念。

LANGERHANS-TOH NO GOGO
by Haruki Murakami

Originally published in Japan by Kobunsha Co., Ltd., Tokyo.
Chinese (in complex character only) translation rights arranged with
Haruki Murakami, Japan
through THE SAKAI AGENCY and BARDON-CHINESE MEDIA AGENCY.

ISBN 957-13-3819-2
ISBN 978-957-13-3819-4
Printed in Taiwan

蘭格漢斯島的午後 / 村上春樹著；安西水丸
圖；張致斌譯. -- 初版. -- 臺北市：時報文
化, 2002 [民91]
面；　公分. --（藍小說；933）
譯自：ランゲルハンス島の午後
ISBN 957-13-3819-2（平裝）
ISBN 978-957-13-3819-4（平裝）

861.6　　91021644